なに想う 気がつけば90歳

早瀬 和恵

東京図書出版

はじめに

私の人生はジグソーパズルかもしれない。どのピースが欠けても今の自分ではない。私はまだこれからどんなピースと出会うのか。「人生は運命だ」と言ってしまうのは無責任。かといって「すべて自分で切り拓いてきた」と言い切れるほど強くもない。その両方を擦り合わせ、必然という縦軸と、偶然という横軸を重ね合わせたものが人生かと思う。

この時代を生きた一人の女性として珍しくはないかもしれないが、ひょっとしたら誰かの共感が得られるのではないか、と思いながら筆を進めた。出会いに恵まれ、支えてくださった多くの方々に感謝の思いを込めて。

早瀬和恵

なに想う

―気がつけば90歳―

◇目次

1　失った時間よりも

平成最後の12月は、平年よりも暖かい日が続いた。しかしあの日は寒かった。南紀和歌山といっても師走の風は冷たかった。昭和24（1949）年9月に勅令311号（後の政令第325号・占領目的阻害行為処罰令）で逮捕されて以来の服装に、悔しさというより格好の悪さと寒さが追い打ちをかける。当時、広島の原爆被災地を撮影していて、この法令で逮捕された人もあったと聞いた。随分広範囲に都合よく解釈されていた。日本の政府は意見を挟む余地もなかったが、その代わりこの逮捕はほかの刑事事件と異なり戸籍簿に記載されることはなかった。これらはすべて連合国総司令部（GHQ）の指示による占領政策の一環として行われた。戸籍簿に記載されていたら、就職・結婚はなかったと思う。

今は被疑者、容疑者、受刑者は警察の護送車で運ばれるが、当時私は南海電鉄の乗客として大阪から和歌山へ。そう言えばこの9カ月前、卒業して帰郷した2日目に、実家で奈良県警察署員に逮捕されて奈良に護送された時も、近鉄（近畿日本鉄道）だったっけ。しかもあの時は手錠をはめられたままで警察官に密着されていたことは終生忘れない。

「あの時よりは手錠が無いだけましか？」

と思うのは、余裕か、開き直りか、諦めか。おかれた立場の理不尽さへの怒り、不満、感慨は別として現状を肯定して逆らわないのは私のいつものやり方である。

逮捕された9月は暑かった。

参議院議員選挙の真っただ中の街頭演説で「民主主義を掲げるアメリカの独裁的な占領政策が」そこで即演説中止、逮捕。悪名高い大阪曽根崎警察署へと送られる。何の取り調べもなく3カ月間未決囚として収監される。12月後半になって一方的に開かれた軍事裁判では、日本側の弁護人は一人もなく、MPだけが出席の法廷で、3年6カ月の実刑判決が下る。

ただちに【和歌山女子刑務所送り】が決定。連合国の占領下にあった日本の権利も何も認めない裁判であった。それを決定したのはGHQといっても実質的にはアメリカの機関でありアメリカが最高権力を掌握していた時代（GHQは1952年4月28日対日講和条約の発行とともに廃止された）。

和歌山女子刑務所としても招かれざる客。殺人、窃盗などの刑事犯が多く収監されているここではどのように対処していいのか困ったらしい。私と同じ軍事裁判で収監された人がもう一人あったようだ。厳しい監視はつきものだったが、起床、就寝の時間、3度の食事、午前と午後の僅かな運動時間（塀の内側で監視付き散歩）が規則正しく行われた。

現代の刑務所暮らしはホテル並み！　と揶揄されるようになったが、そのころは食事も鍵のかかったドアの下部にある小窓を通して、まるで犬の餌と同様にアルマイトの容器に盛られていた。内容がどんなものであったか全く記憶にない。ただ収監中に一度も体調を崩した記憶が無いから、受刑者の健康に配慮した食事が与えられていたと思いたい。それとも育ち盛りを農村で過ごした私の恵まれた体力のお蔭であったのかもしれない。食事は受刑者の中の模範囚が配って歩く。受刑者のほとんどは洗いざらした藍色の上下、よく言われる緋色は見かけなかった。私は藍色を主とした縦縞の木綿の上下を支給された。受刑者同士のお話は厳禁である。でも20歳そこそこで独房、というのは理解に苦しむらしい。聞きたくて仕方がない。監視人の姿が見えない時、アルマイトのお皿を入れると同時に関西訛りの一言「親を殺したん？」「ううん。軍事裁判」と返す。入り口にかかっている「ＰＣ」の表札を見直しても理解できないらしい受刑者。扱いに苦慮されるのは刑務所側でもあったようだ。

刑務所では時々受刑者への講演会、慰安行事が行われ、講堂に集められる。

この行事にも参加するのだが、会場に受刑者全員が入場してから最後に案内されるか、最初に案内され、そのあと受刑者が入場するかのどちらかであって刑務所側の気の遣いように驚かされた。

当時の三田所長は貫禄のある大柄の美人で話し方も穏やか、体制側の人として反発する立場なのに、人格的に尊敬できる立派な女性であった。

また田代教務課長はかなり年配の小柄な女性であったが、見識も高く、説得力もある優れた女性であった。

お二人とも紺色の官服を身に着けた凛々しい姿であったが、和服がお似合いではないか、と想像できる女性であった。所長にお目にかかる機会はあまり無かったが田代課長の要請から生まれた〝盆踊り〟の数え歌は受刑者たちに長く歌い続けられたとか。


〝一つとせエ、一月この月何思う、家族そろって祝い合う雑煮の膳の懐かしい〟

〝二つとせエ、二月この月何思う、親子そろって福は内、鬼は外との豆まきを〟


3月は雛祭り、4月の入学式、5月の端午の節句、6月の田植え、7月のお盆、8月夏休み、9月はお月見、10月学校の運動会、11月は冬支度、12月大晦日。

このような調子で一年の行事をうたったものは、受刑者に家庭の味を思い起こさせ、故郷を偲び、更生の手助けになるようにとの思いが込められていたと想う。内容を考えることは単調な日々の暮らしの中での愉しみでもあった。また田代課長のお勧めで短歌を学び、話し合ってご指導頂いたことも有難い記憶の一つである。

普段は房内での手作業として、木綿糸による軍足（日本軍兵士が履く靴下）を編む仕事が課せられたが、手先の不器用な私にはあまり楽しいものではなかった。しかしノルマがあるわけでもなく、気晴らしのようなもの。確か出所するとき、その工賃が３００円ほど渡されたような記憶がある。

それ以外は自由に読書、エスペラントの独習、中根式速記術の独習（これは出所後も続けたが結婚を機にやめてしまった。きっかけは国会の速記者になる夢から始まった）。

初めの頃は友人による図書の差し入れがあったが、「本人の希望」との理由を付けられて面会も差し入れも一切なくなり（明らかに官側の策略）施設の本しか読めなくなった。当時どんな本を読んだか全く記憶にないのは感銘する本に出会わなかったという事らしい。たっぷりの時間をもっと有効に使えばよかったのに、との思いも後のまつり。あの頃何を考えていたのか、貴重な時間を活かしきれなかった後悔が少し残る。また新聞・ラジオは無縁であったため、１９４９年秋から１９５３年春までの国内外の動きは全く知らされなかった。

しかし、不思議に思うのは、今でも刑務所の暮らしが悲しく不愉快なものとしては蘇ってこない事である。二度と帰らない青春の3年半は取り返しのつかない期間であった筈であるのに。この暮らしの中で、「世の中にはどうにもならないことがあり、じたばたしても仕方がない。与えられた運命の中で最善の生き方を選択するしかない。それはいつか役に立つことになるに違いない」との思いがこの3年半で得た教訓であり、その後の私の人生観となり、生きていくバックボーンになったと思う。無駄になったと思う時間的な長さよりも得られたものの大きさに気付いた時、自分の人生はただ運命に流されたものではなかったと思い知った。

今でも記憶に残ることの一つ、母が一回だけ面会にきたことがある。

そのころ両親は、別居中であって、父は一度も顔を見せなかった。村の顔役であり、民生委員の立場で自殺未遂の女性を立ち直らせ、美容師の資格を取らせた後、美容院を開業させて同棲していた。離婚しようか、との相談に来た母に「お母さんの好きな道を選べばいいよ」と私が答え、母からの一言「私は無学で難しいことは解らないが、和恵のやっているることは正しい、と信じている」との言葉をもらった時に、私は初めて涙を流すことができた。その涙が止まらなかった。

　そしてその言葉が終生私の生きる支えとなった。

2　田舎育ちの女の子

モスの花柄の丈の短い着物に黄色の兵児帯を締め、お吉の下駄（私のお気に入り、2020年東京オリンピックのエンブレムのような市松模様が黒と赤に塗り分けてある）を履いた女の子が、郡道を走る乗合バスに乗っている。乗客もまばらなお昼時、6歳になった私はきょろきょろと周りを見回しながら、しきりに懐を気にしていた。バスの窓からは一面の稲田が見渡せる。濃尾平野の一角をなす西春村は後に名古屋市のベッドタウンとして発展を遂げるが、この頃は純農村であってほとんどが農家であった。田植えを終えたばかりの田園を緑の風が渡っていく。育ちかけた苗を撫でるように吹く風がバスの窓から流れてくる。

「和恵ちゃん、降りて」

バスの幸木《こうのぎ》運転士の声に〝うん〟と頷き、おかっぱ頭を振って元気よく足を下ろす。

「気いつけてな」

運転士の声を後ろにぴょんとバスから降りて、停留所の向かい側にある西春日井郡農業協同組合（農協）石橋支店の重いドアを押す。背伸びしてやっとカウンターに懐から出した黄色の巾着が届く。小さい雑貨商を営んでいて、わずかな預金を農協に届ける時間も取れない両親に代わり、この役目は私の仕事であって、おっとりとした姉の昭江ではなく自分であることが当然のことと何の疑問も持たない。バスの中でおカネの入った巾着が心配になり、懐から手を副えることを話して「大事なものが入っていることを教えているみたいや。いかんよ」と姉に言われても一向に気にならない。自分のやることは筋が通ってい て、他人にとやかく言われることではない、との自信があった。この気の強さはもっと小さい時からだったらしい。

昭和一ケタの農村では、幼稚園に行く子はほとんどいない。医者か庄屋の子供くらい。でも私は何処で聞いたのか「幼稚園へ行きたい」と言い出した。本人が望めば行かせてもいいが「忙しくて入園式には行けん」との母の返事。これは大人になって気が付いたことであるが入園式に着ていく着物が無かったらしい。二人の姉妹には季節ごとに農家の子供達とは違った洋服を着せ、ほとんどが着物を着ていた周りの友達の中では目立っていたが、母は年中同じような洋服を着ていた気がする。

当時幼稚園は街にしかなくて現在の稲沢市の駅の近くにあった。バスで20分くらいかかったと思う。幸い隣村の石橋の尼寺の庵主さんがこの幼稚園の保育士として自転車で通勤しておられ、時々買い物に寄っておられたので、母がお願いしたようだった。一人で入園式を済ませた私は暫くバスで通っていたが1カ月ほどたってお漏らしをし幼稚園で下着を借りたことでプライドを傷つけられ「もう行かん」とあっさりやめてしまった。両親は高い費用を払わなくて済んでホッとしたに違いない。

当時純農村の西春村では、田植えや刈り入れの農繁期には字《あざ》ごとにあるお寺で臨時の託児所が開かれて、お寺の住職とお庫裏さんが、歌を歌ったり、遊戯をしたりして面倒を見ておられた。私もおやつのビスケットを食べたりしたが、「本当の幼稚園とは少し違う」。でもそれを口には出さないが何となく物足りなさを味わいながらも毎日参加していた。気にいったことには粘り強さを発揮するが自分に合わないと思うと撤退も早い。要は移り気であったといえそうである。

3　学校が好きな1年生

昭和10（1935）年4月1日、西春尋常高等小学校に入学した私は、自分の居場所を見つけたような居心地の良さに満足して大きな赤い革のランドセルを背負って通学した。1学年は3クラスあり、1クラスがほぼ50名という規模で、6年生の上に高等科が2学年あった。私は1年担任の犬飼よね先生が好きで、先生との信頼関係が心地よかった。よね先生は生徒たちの母親世代よりやや年上、ふくよかなお顔と身体つきは親しみやすく優しい先生だった。女の先生は着物に袴姿がほとんどの時代、よね先生はときどき洋服を着てこられた。ゆったりしたやや長めの黒のスカートに生成りの白のブラウス。素材が絹だったのかとても手触りが良くて、用事があるような顔をしてそっと触れている女の子もいて、そんな子にも優しい先生であった。校長先生の娘が同じクラスにいても全く区別なく対応されて、子供心にも「公平な先生」との思いがあったのを母親に話したらしい。私の母は長くそのことについて感謝と称賛の気持ちを持ち続けていたようだ。この頃はどの学年にも各クラスに級長・副級長があり、毎学期の始業式の時に校長先生から委任状とともに任命（選挙ではない）されることになっていた。２学期、３学期と交代するが１学期が一番名誉なこと。級長は必ず男子生徒で赤い房を胸につけ、副級長は緑色の房を胸につけることが決まりだった。入学した１年生の１学期、級長は尾崎満君というとても勉強のできるかわいい生徒で、いつも紺色のサージのブレザーに半ズボンという都会的な服装が格好良く、皆の憧れでもあった。私は副級長。誰もが納得する人選であったが、尾崎君はとても大人しい子で、騒ぐ子たちを治められなかった。ある時、よね先生が「満君、赤い房と緑の房を取り換えなさい」といわれた。もじもじしながらも房を外した。２〜３日して元に戻されたが、こんなことは前代未聞、男尊女卑が当然の封建社会ではびっくりするような指示であった。子供ながらに私を信頼して下さっていた先生は、他の生徒が先生に質問をすると、簡単なことの時には「和恵ちゃんに聞きなさい」といわれ、「小さい先生」と噂されていたらしい。貧しく辛い生活の中で、母親にとっては余程嬉しいことだったらしく、成長した私に話す母の顔が本当に嬉しそうだった。

私の父親は、貧しい農家の二男に生まれ、将来は丁稚にでもなるくらいの選択肢しかない時代、小学校高等科を卒業してすぐに横須賀の海兵団に入団して、持ち前の根性と努力で兵曹長まで出世したが、実家を継いでいた長男が死亡して帰郷を余儀なくされた。在任中に入院した海軍病院の若い看護婦たきと結婚して生まれた長女昭江を伴って帰郷したが、実家はすでに三男の弟が継いでいて居場所は何処にもなかった。僅かの土地を手に入れて一から始めた雑貨商での二人の苦労が始まった時、二女の和恵が生まれた。忙しさに手をかけられなかった赤ん坊はほとんど寝かされていたらしく、近所では「あそこの家の赤ん坊は背骨のない子では？」と囁かれていたとのこと。学ぶ機会に恵まれなかった両親にとって二人の娘に十分な教育の機会を与えたい、というのが最大の願いであり、信念であった。当時の農村では子供も重要な労働力であり、農業や家事労働のために長く学校を休んでも深く咎めない不文律があった。２年生の時に開催されたベルリンオリンピックでの〝前畑頑張れ〟のラジオ放送は長く語り草になった。一方その年に〈二・二六事件〉がおきている。それは国家が間違った方向に舵を切った一事件であった。そして翌年に始まった日中戦争は第2次世界大戦の糸口となった。

4　戦争の足音が聞こえる

戦時下といってもまだ影響は少なくて、時々「出征兵士を送る」ための行列に並んだが、この頃は徴兵検査に甲種合格の青年だけが招集されていたため悲壮感はなかった。徴兵制度は国民の義務であった。

年齢、職業を問わず老いも若きも男子であれば「赤紙」といわれた召集令状一枚で戦場に送られるようになって、女性、子供ばかりが残る戦争末期となるのはもう少し先になる。私の住んでいた集落は純農村で9割が農家、残りは医者、撚糸工場、お寺、雑貨商などで非農家と呼ばれた。農家の子供は小学校低学年の頃は男子も女子もほとんど和服に下駄か草履で登校しており、非農家の子供はほとんどが洋服で通学していたが、靴を履く子は少なかった。私は姉とお揃いのワンピースを何処かで作ってもらっていたし、父親の友人の靴屋で革靴を作ってもらっていて、当時としてはハイカラであった。名鉄（名古屋鉄道）

の西春駅周辺はにぎやかな商店街になっていて、お菓子屋、肉屋、魚屋、呉服屋、小間物屋、薬局、金物屋、靴屋など生活に必要な品物を売るほとんどの種類の店があり、大きな病院もあった。この地域の子供たちは、ハイカラで、頭がいいように見えた。

姉の昭江が小学校に入学すると直ぐに書道塾に通うことになった。後に日展作家として中部書道界に名を残された天野琴香先生が西春小学校の訓導であり、駅の近くに住んでおられたので自転車で通うことになった。まだ小学生になっていない私も姉と一緒に通うことになって戦争が激しくなるまで続いた。二人とも書道（お習字）が気にいって、毎日曜日、休みなく子供用の自転車で片道20～30分かけて通った。何をしでかすかわからない私を大人しい姉に任せた両親の想いをくみ取るにはまだ幼く、二人は、校内の書道大会には入選の常連になっていた。子供の教育に熱心であった父親にとっては、喜びであり、口には出さないが自慢でもあった。

絵画はあまり得意ではなかったが（家庭環境のせいで、もともと芸術的感覚には乏しかった）図工の教科書を見て描くようなものは、まあまあだったようで、このようなコンクールでは入賞することもあった。もっとも毎学期行われた写生大会では満足のいく画がかけなくてしゃくにさわっていたらしい。

書道塾に通うのも慣れてきた頃、姉にいいところを見せたくて、自転車の手放し運転をして、一直線に田植え前の水田に頭から突っ込んで泥んこになり、姉に助けられたこともあった。でも姉は滅多に妹を叱ったり告げ口をしたりしない優しさがあった。

小学校3年の時に姉はピアノのレッスンに東枇杷島《びわじま》の大野先生宅まで通うようになり、一方清須《きよす》にあったプールのスイミングスクールにも通うことになる。私はいつもお供でピアノの日にはレッスン中、近くの庄内川で水遊び、スイミングスクールの時は浅い子供用のプールで遊んで姉を待っていた。「私は？」と思ったこともあったが、「長女と二女はこういうふうに違うものなんだ」と自分を納得させていたようで、そう思う事で卑屈にもならずにすんだ。自分の想いを操作することで自分が楽になることをこの頃から身に着けていたとは思えない。本当は羨ましい気持ちが強かったにちがいないが。

よく近所のおばさんたちが「昭江ちゃんは別嬪だなも」と言っていたのを聞いて、それは自分には縁のない言葉として刻まれ、さらに女学校の時に「梅干し婆あ」と敬遠していた裁縫の先生から面と向かって「女の子は少しくらい勉強ができることより器量よしで可愛いことが一番」といわれたことで私は自分が人に褒められるような面相ではない、と思うようになった。

だから女の子として人から可愛がられたり愛されたりすることはない、との思い込みが一生続いた。

1年生からずっと仲良しの巴ちゃんという子がいた。その家は土間に筵《むしろ》を敷いて過ごすような暮らしで中には冷たい眼で視る子供も大人もあった。

彼女は洗いざらしのちんちくりんの着物を着ていることが多く麻裏草履よりも惨めなゴム草履を履いていた。真冬でも素足であった。勉強はあまり得意ではなかったが抜群の運動神経で走るのも速いが子供同士で遊ぶゴム飛びのうまさは格別。ゴムの高さをだんだん高くしていって競う遊びは他の追従を許さなかった。私の順番が回ってくるといち早く「これ和恵ちゃんの分」といって代わりに飛んでくれ、異議を唱える子もいなかった。私は運動が好きで能力もまあまあ人並みではあったと思うが巴ちゃんにはかなわなかった。6年生になると中学校、女学校に進学する子供のために特別な授業が「補習」と称して各クラスで夕方うす暗くなるまで行われた。当時6年生から中学校に進学する子供は20％くらい。残りのうちの半分くらいは小学校と併設の高等科に進学した。巴ちゃんは補習に参加している私を授業が終わるまでじっと待っていて一緒に帰ることが多かった。多くの級友に悪口を言われても一向に気にしないで勝ち気で明るく振るまっていたが、心の中は形を変えた屈辱の炎が燃え盛っていたのかもしれない。でも子供心にはそんなことは知る由もない。後に巴ちゃんはどんな努力をして人脈を得たのか、作家菊池寛の住み込み女中になり、新興財閥の夫との縁を得て富裕な地位を得た。その後も私との接点を絶やさなかった。

補習授業で今も残っている苦い思い出がある。6年青組の私の担任の榊原先生は授業後に姿を消すことが時々あった。今考えるとアルバイトとしてどこかの家庭教師をしておられたらしい。

ある日、補習授業の時間になっても先生が現れない。察した紅組、黄組の先生方が「今日は先生のご都合が悪いようだから帰りなさい」と言われた。しかし「直接聞いてないから」との理由で全員を帰らせなかった私の一言が先生方を困らせた。私は暗くなるまで残った友達には悪いな、と思ったが先生たちへの罪悪感は微塵もなく、強情で狭量であったと今では申し訳なく思う。

小学校への通学路は郡道という車も通る広い道で子供の足で20分以上かかったがそのころは滅多に車も通らなくて、友達とふざけ合いながら時間をかけて帰る毎日は何にも代えがたい楽しみであった。

尾張地方は養蚕が盛んで蚕の餌の桑の葉の木が多かった。桑の実が熟する季節には、桑畑に入り込んで競って実を食べた。でも食べると口の中は赤紫に染まってしまう。そこが浅はかな子供のこと、いくら隠していても一言聞かれて口を開ければ嘘はすぐにばれて大人に叱られる羽目になる。その頃はまったく知らないおじさん、おばさんでも子供達をきちんと叱ったり、注意をしてくれたりした時代、子供もどこの人かわからなくても素直に聞いた。もっともまたすぐいたずらにもどったけれど。田圃のあぜ道に入ったり小川に入って小魚を追いかけたりして、道行く大人に注意をされるのも毎度のこと、この時代は大人が皆で子供に注意を払い、子供たちも「やっぱり叱られた」とあっけらかんとしたものだ。

家に帰るとランドセルを入り口に置いたまま神社やお寺の境内で暗くなるまで遊ぶのが子供たちのくらし。「和恵ちゃん、お父ちゃんが心配しとってよ」と店に買い物に行った村の人に言われてこっそり裏口からばれないつもりで忍び込む毎日の繰り返し。

この年まで丈夫でいられる身体を作ったのはあの時代のお蔭であり、さらに大人たちの分け隔てのない注意と叱責が、健康なものの見方・考え方を育てたようだ。濃尾平野の一角の小さな自然も子供たちにとっては素晴らしい大自然の懐であった。

5年生だった1939年に欧州で第2次世界大戦が勃発。またその翌年に紀元2600年の記念式典が皇居外苑で開かれ、国中が歌ったり踊ったりの祝福ムードに沸き立った。『東海行進曲』（愛国行進曲）をいつでもどこでも大声で歌いあった。

〝見よ東海の空明けて

旭日高く輝けば
天地の正気溌溂と
希望は躍る大八洲
おお清朗の朝雲に
聳ゆる富士の姿こそ
金甌無欠揺るぎなき
わが日本の誇りなれ
起て一系の……〟

意味も十分に理解しないまま歌った時代。
〝見よ父ちゃんの禿げ頭〟とちゃっかり替え歌を喚くように歌う子供たちを、笑って見過ごす大人たちにも、まだ余裕が残されていた。だが、その2年後には日本も第2次世界大戦に突入することになる。

5　飛行機部品を作る女学生

昭和16（1941）年4月。待望の女学校入学。当時私の住んでいる集落から女学校に進学したのは、医者の娘、庄屋の娘2名、撚糸工場の娘と私達姉妹だけであって、村人の「あんな小商売のくせに娘2人も県立に通わせてよごと（無事に）卒業できるかや」との囁きに悔し涙を流した母の言葉を卒業してから聞かされた。自分たちの夢を叶えてくれた娘たちへの期待がどんなに大きかったか、それにかけた両親の熱い思い、必死さが辛い仕事の支えになっていたことを知った。私達姉妹が入学した愛知県立第二高等女学校（県二）《現名古屋西高校》はレベルの高い進学校で質実剛健の気風が特徴の名門校。県立第一（県一）《現明和高校》も薦められたが、当時名鉄犬山線は名古屋市西区の柳橋が終点で、途中の押切の駅から県二はごく近くて、県一に比べて通学の交通費が格安であってそれが選択の第二の要素。県立で授業料の安いことが最優先の理由であった（1年後には名鉄電車の路線変更で大きく変わることになる）。そのため名古屋市の周辺の枇杷島、清須、甚目寺《じもくじ》、西春《にしはる》、師勝《しかつ》等の小学校から2～3人の女生徒が入学していた。それぞれの学校のトップクラスの生徒たちであり、田舎の優等生でもそれなりの自負とプライドがあった。

その中の一人として入学式に臨んだ私はたちまち経験したことのない敗北感を味わうことになる。「都会の子たちは何と格好良いのだろう」これが同じ制服か？　と信じられない思いで自分の姿と見比べる。既に衣料品は配給制度で切符をもらって求めることができたが、制服の生地として手に入るのはス・フと呼ばれたペラペラの布地、座ると直ぐに皺々になる。都会の生徒、特に女子師範学校附属小学校からの生徒はまだ附小の制服を着ていたが「これが同じサージ？」と信じられないほど地厚のサージで仕立ても違う。附小からの生徒は1クラス50名の中の数名であってもまぶしかった。

「この人たちはきっと勉強もよくできるに違いない。ついていけるかしら」忙しい商売の暇を見つけて、制服を夜なべに仕上げてくれた母のことを考えると決して泣き言も言えなくて我慢しながらも自分を励ますしかなかった。

卒業後もずっと長く親しい友人だった舘さん（清須から通学）のスカートはどっしりとした厚地のサージで、細かい襞がしっかりとついて、崩れることが無かった。

羨ましい思いで聞いたところ、舘さんは15人兄弟（昔は子沢山があたりまえ）の末っ子でお父さんが長い間中風（現代の脳溢血）で寝たきり、お母さん一人の働きで子供たちを育てておられ、苦しい経済状態の中での子育てで、舘さんのスカートはお姉さんのおさがり、全部襞山が擦り切れたのをミシンで縫って裏返したものと知った。見ただけではわからないことがある、と知る出来事であった。

さらに舘さんは毎朝お姉さんと二人で、リヤカーに農産物を積んで東枇杷島の農産物の集荷市場まで運んで来てセリの始まる前に良い場所を選んで並べ、お姉さんはリヤカーを引いて帰宅、舘さんは学校へ、と通ったそうで後で聞いて驚いたが当時はそんなことも全くわからなかった。

授業はどれも楽しかったし、どの教科も全てノートに書いて帰宅後整理するのが（先生のジョークまで、すべて書き込む）私の勉強法で、微妙なニュアンスでテストに出そうなところも感じられ、纏めることが愉しかった。カラーペンもサインペンもなくて変化をつける苦労も楽しみの一つ。これを見た友達からテスト前になって「ノート貸して」と声をかけられた。

何となく気になる子、羨ましく思う子などから頼まれ、お役に立つと思うと嬉しくて「どうぞ、どうぞ」と貸す。卑屈な態度に見えていたかも知れない。そのノートが知らないうちに回っていってテスト直前になっても手許にもどってこない。「やだなあ、困ったなあ」と思うものの催促するのもみっともないし、まあ仕方ないか。といつもの調子で見切り発車。1教科だけでないので、或る時体育の本木先生に相談したことがあった。

「お前なあ、書きながら頭に入れたのだろうが。そしたらノートは滓《かす》みたいなもの。橋の上から川に落としたと思え」

そう言われてみればそうなんだ！　と思う事にして途端に気が軽くなった。そしてテストの結果を聞いて長い間の敗北感から解放されることになった。

県二の成績評価はすべて点数であらわされた。学期ごとの通知表も全て点数。中間テスト・期末テストを基準に点数表記。私の好きな数学、英語は時に100点ももらえたが、社会、国語などは完璧な答案を書いても満点をもらえない。

地理のテストで、完璧な答案のつもりであって5点減点が納得できなくて先生に問いただしたことがあった。地理の教師はこの年國學院大學を卒業したばかりの独身男性教師。平均よりも背が低く、見た目にはパッとしないのに、情熱的な授業態度に好感が持てて生徒間の人気は高く、真夏の汗染みのシャツを平気で着ている無頓着ぶりさえも人気の一つであった。

「授業でお習いした通りの答案のどこが駄目でしょうか」

「出稼ぎ、と答えるところを君は出嫁ぎと書いたろう、字が間違っとる」

「先生、今出かせぎと読まれましたでしょ。意味が通ればいいではないですか。国語のテストじゃないですから」

「駄目だ！」の一言。同じような間違いでも点数の低い子には減点無し。

このような不公平もまかり通る時代で結局は隠忍自重、仕方がない、と先生を立てるが、自分の側の理屈が通ると思うときは言わないではおれない性格、でもとことん喧嘩をする気が無いのも性格で、適当なところで引いてしまうのも生涯変わらなかった。

もう一つ、保健体育のテストで、「教えた事しか書いてない。もう少し自分で調べたことを書いてもらいたい」と減点されたことも。好きな教科の理科の中で、物理、化学は自信のある点数であったが、生物はなぜか苦手で成績も赤座布団すれすれのこともあった。赤座布団というのは通知表の欠点以下の点数の下に引かれた赤線のことである。幸い本当に赤座布団が引かれたことはなかったものの冷や汗ものだった。《富士夫ちゃん》とお呼びしていた生物の先生の〝ズーズー弁〟が聞き取りにくかったから、というのも弁解がましく何となく苦手の教科であった。もう一人生物の長老で、名家の出身であるという出っ歯の先生には花より葉が見事、という意味で《葉桜の君》と名付けていた。後に中学校や学習塾で生徒たちと接するようになってこれらの教師像がいい教訓になったことを考えると、ここでも〝人生に無駄はない〟と言えよう。

1年生の3学期、12月8日真珠湾の奇襲攻撃をもってアメリカとの戦いが始まったが、しばらくは穏やかな学校生活が続いた。

2年上級の姉は私と違って背も高く田舎で別嬪といわれたことがあるだけに弓道部に属して白い上着と紺の長い袴を穿いて小脇に弓を抱えて廊下を歩く姿は妹が見ても「格好えぇな」と思えたからクラスの友達が「ほんとにお姉さん？」と言ったこともあった。背の順でいつも教室の最前列にいる私と姉妹？　と疑われるのも仕方ないかなと強いて思う事に。

この姉にお世話になった思いがけない一件がある。そそっかしい私が2年生の通学の途中で家庭科の宿題を通学の名鉄電車の網棚に忘れたことがあった。その時の課題は一つ身の綿入れの作品で、提出期限が迫ってしまって一晩で仕上げなければいけなかった。器用な姉と母に、姉の数学の宿題を交換条件に一晩で仕上げてもらった。以前に「女の子は少しくらい勉強ができるよりも美人でお裁縫のできる子がいい」と言われて、「梅干し婆あ」と陰口をたたいていた先生にとっては、提出した宿題が誰の手によるかは一目瞭然。「お姉さんに左右間違えないように頼みなさい」と一言。

なんと左右の袖付けが反対になっていた。でも窮地を救ってもらった姉にそんなことも言えなくて家庭科の先生の反感を倍増した結果になった。

現在の男女共学と異なり、中学校・高等女学校は他校の異性の生徒との交際にも厳しく目を光らせていたから、若い男性教師に人気が集まったのも頷ける。音楽の先生の一人、須田先生は、人気歌手の藤山一郎と親友で、学校に呼んでこられたこともあり、そんな時は随分盛り上がったものであった。音階のドレミファソラシドが敵性語だから、との文部省からの指示で、ほとんどの学校では、「ハニホヘトイロハ」を採用していた。須田先生は「ドレミファソナキド」として指導頂いたので私たちの学年同期会はソナキド会と命名して平成20年まで続いた。もう一人の音楽の先生はとてもおしゃれでプライドの高い年配の女教師真鍋先生で、いつも洗練されたモノクロのドレスを着ておられたが、寒くなると当番が必ず用務員室から炭火のはいった火鉢をピアノの近くに用意することになっていた。一度代講で、私のクラスが、真鍋先生の授業になった時、火鉢の用意ができてなくて、職員室に帰られたまま授業が行われなかったことがあった。先生は絶対の存在であった。

県二にはいくつかのユニークな学校行事があった。例えば漢字の学習のために1年から5年まで学年の枠を超えておなじテキストによる「書き取り大会」が年2回夏休み後、冬休み後に行われた。校内放送で一斉に開始され、その結果、100点満点の人の名前が中央廊下に貼り出された。その時には黒山の人だかりで自分の名前を探すのに苦労した。結果の出る競争に意欲を燃やした私は真剣に取り組み、2年上級の姉に負けたくなくてそれなりの結果を出していたと思うが2年生になって戦局の進展に伴い中止になり実力を発揮する機会を失った。このテストのお蔭で漢字に強くなったと思う。後になってケア・ホームに入居された先輩が「あの時覚えたおかげでクロスワードは漢字のものが一番よくできる」と述懐されたことがある。この時使われたテキストは昭和10年ころに学校で自主編纂されたものと聞いている。

もう一つユニークな学校行事に「耐久遠足」があった。

毎年12月1日と決まっていて昭和の初期のころは早朝まだ夜が明けないうちから、提灯をつけて運動場に集合して、5〜12里、体力に応じてコース、距離を決めたという。

この頃の女生徒の服装は、着物に袴、その袴の裾をからげての姿がどんなに勇ましかったことか、知多半島のある所までの往復とか岐阜、岡崎、瀬戸などで走り続けた人は明るいうちに帰校したが、遅い人は夜になり先生方が心配して提灯をもって捜しに行かれたとか、途中棄権して、先生が心配して家を訪ねるとお風呂にはいっていたというちゃっかりした生徒もあったという。私の頃は「耐久マラソン」となって庄内川の堤防を走るコースに変更され、距離も確か50キロくらいになったと思う。お握り、お菓子の携帯が許可され、遅い人たちの中にはのんびり遠足気分で走ったり歩いたりした人もあった。

しかしこの行事も昭和18（１９４３）年で廃止された。

2年生の秋、昭和17年には農村へ稲刈りの勤労奉仕、3年の冬には住友金属船方工場へ動員、そして4年になって毎日の工場通い（初めの頃は週に2回くらいは学校に帰っての勉強もあった）。入学時には5年卒業の約束がいつの間にか戦時繰り上げ4年卒業になっていた。夢の国体は幻となった。私は体操の部で国体の県代表の一人として猛練習をしたがその努力が報われる機会は二度と来なかった。

ひたすら油まみれの戦時下の学徒として、三菱金属（当時）岩塚工場の女子工員として航空機部品の型の中子作りが仕事であった。油を混ぜた砂を型にはめて回転炉で焼く仕事。疲れて帰宅すれば姉の昭江から「和恵の洗濯物は臭くて」と非難される。姉はそのころは小学校の教師をしていて、初めの頃は着物・袴での出勤がいつの間にかモンペ・洋服に変わっていた。

毎朝名鉄西春駅から落ちないように必死でつかまりながら満員電車での通勤、麦や粟の間に米粒の混じった昼食が常食。

〝嫌じゃありませんか報国隊、
欠けた茶碗に竹の箸、
仏様でもないものを、
一膳めしとは情けない〟

と、ざれ歌も出る毎日。クラスメートの中で、健康に問題のある数人は工場の現場仕事には不適当、と判断され、事務系の仕事に回されていた。この級友たちは食事場所も内容も全く別で、配属将校（監督官）と一緒の食事をして、時にはアイスクリームのデザート付きという待遇であることを親しい友人から聞かされた。私たち現場の者は通勤には南京袋のような粗悪な素材で作られた黄土色（国防色といわれた）の極めて不格好な上下。モンぺといわれたパンツの格好の悪さは嫌で嫌で仕方がなかったのに、事務系の人たちは黒い格好のいいパンツ姿も許可されて、軍服にサーベルを下げた将校たちから可愛がられていたとのこと。どこもかしこも差別が当たり前の風潮がまかり通る時勢であった。その頃には時々警戒警報、空襲警報が発令されるようになり、不気味なサイレンが鳴り出すと工場の作業を止めて庄内川の堤防に逃げる。敵機の機影を見つけると物陰に隠れて逃れた。一部の級友は東区大幸町の三菱発動機の工場勤務であったが、空襲で犠牲になった。

岩塚工場が空襲されることはなかったが、3月の名古屋大空襲の時は燃え盛る名古屋の街から逃げるように歩いて帰宅した。

すべて秘密にされた東南海大地震の時は大回転炉が傾いて修理に日数を要した。戦いの経過のすべてを隠され何の疑いもなく勝利を信じていた少女たちの生活とその思いは色々のところで語られてきたから改めての詳細は避けようと思う。

4年生の冬、工場通いの中で卒業後の進路について考えることになり、先生方のアドバイスもあっていくつかの選択肢があったが、学資のこともあり国立、公立の中から父の悲願ともいえる女子高等師範学校（女高師）を受験する。授業料は免除されるが卒業後に教師になる義務を課せられる（戦後にこの条件は廃止）。

空襲のない奈良を選び、受験のため真冬の奈良を訪れる。

高知からの元気な女学生、九州弁がわかりにくい博多からの女学生、マントに長靴は新潟の女学生などなど。名古屋、大阪、神戸などの都会の学生と違って学徒動員など無関係にひたすら勉強をされた話に「私なんか合格するわけがない」と覚悟を決めた。しかし女高師は明治41年の開学以来全国的な視野に立って教師を養成する、という本来の目的を重視されたのか奇跡的に合格が許された。理科1部数学専攻、2部物理化学専攻、3部生物専攻がそれぞれ25名、25名、10名で全国的に万遍なく合格させた模様で、近県である愛知県の名古屋市からは1部1名、2部2名の名前があった。

しかし戦争の現状と先行きに聊かの疑問も抱かない私はもっと直接国の役に立つ仕事がしたく、父には内緒で友人と二人「(電波科学専門学校に併設の) 電波兵器技術錬成所の女子部」を受験することにする。合格して二者択一を迫られ最終には奈良を選択することになったが、試験場になった松本高校 (現信州大学) の窓から眺めた日本アルプスの美しさと身を切るような厳しい寒さが長く心にのこった。まだ工場に残る級友たちに後ろめたさを感じながら7月11日奈良女高師の入学式に臨んだ。

6　女高師入学と寮生活

入学式を控えて私には三つの疑問があった。まず無学の両親がどうやって奈良女高師を知り娘を入学させたいと決めていたのか。

次に零細な一介の小商人の両親に4年間の生活費を賄えるのか（授業料は免除）、三つ目は学力もないのにどうして合格できたのか。という事。こんな気持ちのせいか入学式の学長の話も全く記憶にないし感動もないままだった。

入学式が終わると新入生は寄宿寮に案内された。寮は6寮からなり、一つの寮は五つの舎に、一つの舎は三つの部屋に分かれる。一部屋には3人か4人の生徒が居住する。すべて畳敷きの和室に各人一つの机と小型の本箱が準備されている。押し入れに夜具が入り各自の荷物も少し入れられる。鍵のないオープンな生活で各舎には台所と食堂があり、一人ずつ交代で毎日の食事を作ることになっている。寮は男子禁制で男性は家族であっても玄関から中に入ることは許されなかった。入り口の横の舎監室には舎監の先生が常に待機しておられた。私が入寮したのは丁度敗戦の1カ月前。最上級生（4年生）は舞鶴の海軍工廠に動員、2年生3年生は校内の工場で軍事物資の縫製作業。入学して翌日からの私たちの仕事は防空壕を掘る仕事であったが敗戦の詔勅とともに休校になった。

9月になって改めて学校生活も寮生活もスタートすることになる。長いこと学ぶ機会を奪われていた生徒たちにとって待望の授業に取り組む姿勢は真剣そのもの、でも戦後の生活難が生徒たちを苦しめる。

〝欲しがりません勝つまでは〟のスローガンのもとに耐えてきた戦時下の日々であったが、戦後の食糧難ははるかに深刻であった。

毎日の食材は舎ごとに分けられて寮の入り口の棚に置かれるが、僅かな薩摩芋、薩摩芋のつる、野蒜と身欠き鰊くらい。昼食用の薩摩芋はほとんど朝のうちに食べてしまう。育ちざかりの生徒の胃袋を満たすには程遠いもの。郷里から届いたものを炊事当番で使う事も度々。さらに深刻なのは夕方になると起きる停電ならぬ停ガス。炊きかけたお釜を急いで外の竈に移す。薪も十分ではなく慣れた上級生は壊れかけた塀をはがしてきたりできるが下級生は悲惨だった。でも舎の皆さんが待っている。隣の部屋の文科1年の宮崎さんは貴重な横光利一の『旅愁』を1枚ずつ破って泣きながら燃やしていた。そのころの本は単行本でもわら半紙のような紙質のB5版くらいの大きさで燃えやすかったようだった。三重県尾鷲出身の美人の泣き顔が心に残った。

各部屋は学年・学部・出身地が異なるように配置されていた。4年生は絶対であり、1年の違いは大きく、その中で学ぶ長幼の序、先輩後輩の序列、学部の違いによる考え方の違い、出身地の違いによる違和感の中で、同じ空間、同じ時間の共有による自己犠牲の習得、すなわち我慢することへの訓練、貴重で大きな人生勉強の場でもあった。土帰月来《どきげつらい》は近県出身者の特権であった。近畿東海出身者の他には九州・四国・北陸・東北・北海道・沖縄・韓国・中国からの同級生もあった。

【寮の憲法】
4年生は神聖なるが故におかすべからず、
3年生は中堅なるが故に尊ぶべし、
2年生は上級生なるが故に敬うべし、
1年生は茶坊主なるが故にお茶を汲むべし。

——随分封建的な、むしろ無茶なものである。特に新入生へのいじめが多く、それに耐えるのも必要らしい。この頃はいじめという言葉は無くて一種の愛情だと言われていたが、上級生の愉しみ、あるいは閉鎖空間における息抜きのようなものであったらしい。しかも〝良き伝統〟といわれては逆らう新入生はいない。無理に納得させられていた。寮の北側にある荒れた農場に自生の薩摩芋のつるなどを取りに行くことがあるが農場の肥溜め小屋を神聖な農場の神のお社といって拝まされたり、夏場の蚊の対策には一人ひとりの顔を包む蚊帳を作るからと顔や頭のサイズを測ったり。いろいろのことで新入生の困るのを陰で楽しむ上級生が有った。

校舎と寮が接近していることは、実験などで時間が惜しい理学部の生徒には好都合であり夜まで居残ることも可能であった。それが災いして物理教室1棟が火災によって全焼した時には研究室に居残っていた先輩の山本さんに嫌疑がかかり辛い思いをされた。漏電と判明したが校舎の古さが災いのもとであった。

7　夏休みの思い出

夏休みに帰宅していた時は時々名古屋市の栄にある本屋（主に古本屋）を歩いた。専門書もあまりない中で、時には貴重な本との出会いもあった。田丸卓郎著の物理学教本を見つけた時は財布の中身と相談して思い切って購って嬉しかった。

三好達治・石川啄木・若山牧水などの詩集を購入したり、中谷宇吉郎や寺田寅彦の著書に理学部に在籍する喜びを味わったりした。

わら半紙に近い色と紙質のA５版くらいの詩集に気分を高揚させた夏。

この頃小学校のクラスメートで戦争中に予科練（海軍飛行予科練習生）に志願、入隊していた博君が敗戦とともに帰郷し、自分の居所のないままにぐれていたが時々出会っては話をするようにしていた。立ち直った彼は名鉄産業の主計局で地位を得て定年まで勤めた。晩年は稲沢の農村で穏やかに過ごし、時たま丹精込めた農産物を届けて頂いたりした。

彼も故人となった。

本屋歩きをした夏、私は姉のグループに加わって中央アルプスの登山に参加した。中房温泉から出発して燕岳・大天井岳・常念岳の縦走は2度とない経験となったが、あまり準備もしないままに無事下山できたのは仲間の方達のお蔭と若さの賜物であった。

8　進学か学生運動か

全寮主義の決まりのもとに過ごして1年を終え、2年になって進学を見越して寮に近い法連山添町《ほうれんやまぞえちょう》の掛樋家に移り下宿生活を始めた。掛樋家は多くの農地を所有し、ご主人が田原本農業高等学校（当時）に勤めておられ、比較的豊かな食生活で、時々食材を頂くことができた。この家の小学生の二人の女の子の勉強を見る条件もあった。ただ貴重な蛋白質ではあってもウサギの肉の煮物はどうしても馴染めなかった。

この頃経済闘争を基本として全国学生自治会総連合（全学連）が結成され、奈良女高師もその傘下に入った。当時の学生運動のリーダーたちはよく勉強し、穏やかで理論的にも高いレベルを持ち、のちの暴力的学生運動とは大きく異なっていた。全学連初代委員長武井昭夫氏は後に著書『層としての学生運動――全学連創成期の思想と行動』（2005年発行）の中でそのように述べておられる。

その中で第2代自治会委員長に推された私は寮生たちの生活苦の中で強行されようとした試験の延期について学校側と向き合う形になった。

停電が続いて勉強ができない時私は近鉄に乗って奈良・京都を往復し駅や電車の車内での明かりを利用することにしたが、寮生には勝手に夜遅くまで外出することも出来ず、近郊からの通学生徒との格差も問題になり、平等な立場での試験勉強は困難であった。この頃私は既に奈良全学連の議長、全国高等師範全学連議長、関西学連理事などを引き受けていた。一方では広島文理大を受験するつもりで、同級の望月さん（大阪大学を経て信州大学教授：故人）、井上さん（ソルボンヌ大学からロックフェラー大学教授：故人）、山本さん（東京理科大学教授）とともにドイツ語の個人レッスンを受けていた。受験勉強と学生運動の両立はどうしても無理であった。どちらを選ぶか、自分自身での選択、決定であった。

この選択が後の人生の大きな岐路になったが、決めるのは自分自身であって誰にも文句を言うことはできない。すべて自己責任であり自分でデザインした人生であった。こうして進路は一本になった。勉強する楽しさ・幸せと引き換えに学生運動を選んだが、それがベストであったかどうか、今もこたえられない。

9　奈良の豊かな自然

学校と寮とは同じ敷地内にある。外出するときは寮の門か学校の正門からでる。正門をでると直ぐに東向き通りという商店街が近鉄奈良駅まで続き更に三条通りまで続く。全く戦災に遭わなかった奈良市は敗戦と同時に以前の賑やかさが戻り街は観光都市として多くの観光客が訪れた。

三条通りを越えると餅飯殿《もちいどの》通りという奈良市一番の繁華街で奈良の伝統的な美術品を始め衣類食料品などの商品が溢れ活気を呈していた。餅飯殿通りの南端は奈良まちから高畑へと古き良き時代の奈良を彷彿とさせる情緒あふれる街並みへと続いていく。

餅飯殿通りの途中から左折して細い道を歩くと風格のある奈良ホテルの裏庭に出る。

奈良ホテルは戦後ＧＨＱに接収された経緯もある。近鉄の奈良駅から登大路の坂を上ったあたりから奈良公園が広がり、数多い鹿と戯れる観光客が絶えることなく、左右に興福寺・東大寺が眺められ前方にはなだらかな若草山が全貌を現す。春日大社の参道は広くて趣があり両側の灯籠は観光ガイドブックにも文学にも取り上げられて人口に膾炙している。

奈良での学園生活の中で奈良の風物に親しんでおけばよかったとの後悔しきりであり、ことに理学部の生徒のほとんどが抱く感慨である。文学部の生徒は学習の一環と称して様々な行事に参加して楽しんでいたようである。私も二月堂の毎年の〝おみずとり〟にも一度も参詣できなくて奈良を離れてから参詣した。遠くに五重塔を仰ぎながら馬酔木の森をさまよえばどんな無粋な人でも文学の世界に思いをはせ平安の昔を偲ぶことができる環境は、文学部の学生にとっては好い環境だと思う。私が時々夫に「本当に理学部卒業?」といわれたのもこうした環境の中で暮らしたことが影響したのかもしれない。

10　奈良女高師から国立奈良女子大学へ

昭和23（1948）年4月22日、奈良女高師は初めて学校主催の生徒大会が開かれた。「国立女子大学への昇格について」の大会で、学校側の教職員、学生の多くが講堂に集まった。当時日本の教育制度と方針はGHQによって進められ、直接にはCIE（註1）主導で決められ、文部省通達の形で示された。

（註1：民間情報教育局の略称。第2次世界大戦後、日本の占領管理の執行機関であった連合国最高司令官最高司令部におかれていた教育担当の教育政策、教育行政の監督と指導を実施した。戦後の教育改革、すなわち6－3－3－4制の新学制はその強い示唆と指導によって成立し、その監督のもとに実施された）

大学の再編成について、国立大学を東京、大阪、京都、愛知などの特別の都道府県を除き1県1大学とする案が文部省案であり、奈良は女高師と奈良師範（現奈良教育大学）との合併が提示された。東京では既に東京女高師がお茶の水女子大学として昇格が決まっていた。奈良女高師を国立女子大学に単独昇格させる運動を展開しよう、という趣旨を学校側から初めて聞いた生徒たちは一様に驚くとともに何も知らされなかった閉鎖性に戸惑い「寝耳に水」のような学校側のやり方に強い不信の念を持った。「天下り的な提案には納得できません」との自治会委員長としての私の発言に、CIEと強い繋がりを持っておられた小泉教授が激怒された。《ああこれで無事卒業はないな》と瞬間思った。

その後の話し合いで生徒側も全面的に協力することになり、夏休みを前倒しにし、さらに運動期間を延長することになった。生徒たちは郷里に帰り母校を中心に理解と協力を呼びかけることになった。私も愛知学芸大学（現愛知教育大学）の生徒大会で趣旨を訴え、資金のカンパを頂いた。活動資金の確保のために学用品の販売や好意ある出版社の提供による学習参考書の販売も行った。

夏休み中に自治会役員は上京して関係官庁や政界に働きかけた。先輩の宮城タマヨ参議院議員の夫の法務大臣への面会、文部省（現文科省）への陳情、GHQへの請願などに疲れ果てて、国会議事堂の前の階段に座り込んで、持参の弁当を開いたら、暑い中を持ち歩いたお握りが傷んでいたことも忘れられない事の一つ。日焼けした顔で汗と埃にまみれたお上りさんの乙女たちはまさに浮浪児たちのようだったに違いない。

その時同行された生物学の稲葉教授は、私たちの先輩であり、のちに撤去されなければならない奉安殿を、研究の場所に、と堂々とGHQと交渉された偉業は語り草になった。

当時家政学部長で、のちに佐保会（奈良女高師・奈良女子大学同窓会）理事長として名声を博された長谷川千鶴教授は、独自の人脈を生かして驚くほどの量と質の高い食材を集め、家政科の生徒によって高級な料理を調理し、CIEの高官たちを接待された。食事・お土産などのおもてなし作戦は何処でもいつの時代でも変わらないもののようである。

そんな涙ぐましい努力にもかかわらずGHQと文部省の方針は90％初めの方針通り進められていた。直接担当のホームズ女史（註2）が帰国される3日前、最後の話し合いが東京目黒の雅叙園で開かれた。ここで奈良女子大学の歴史に残る言葉をホームズ女史が発言された。

“Yes, I understand you. We will try east Tokyo, west Nara.”同席していた教官たちが思わず息をのみ、続いて涙の笑顔になった瞬間だった。

（註2：CIE女子高等教育顧問のイールズ氏が女子大学問題を指導されていたが、直接の担当はホームズ女史であった。イールズ氏は助言者。ホームズ女史は交渉相手であったと思われる）

こうして昭和24（1949）年5月31日国立大学設置法に基づき日本で2校の国立女子大学が誕生し、既に開校していたお茶の水女子大学と並んで女子の最高学府となった。

当時、帝国大学（現在の東京大学、京都大学、名古屋大学など）は女人禁制であって進学の道は閉ざされていた。僅かに、京都帝国大学文学部と広島文理科大学が女子に門戸を開けていた。女子の高等教育を受ける機会がいかに少なく困難であったかが想像できよう（戦後の学制改革が行われる前まで）。

少し歴史を紐解いてみよう。明治後期になり、義務教育における女子の就学率が高まり、中等教育を受けようとする女子が年々増えつつあった。そして中等教員の養成が急務になった。文部省が明治31（1898）年に立てた文部省8か年計画に、東京の「女子高等師範学校」の他に、関西に「第二女子高等師範学校」を設立することが含まれていた。紆余曲折の末、明治41（1908）年3月31日、勅令第68号により「奈良女子高等師範学校」が設立された。明治42（1909）年2月15日「奈良女子高等師範学校入学者選抜規則」が定められた。それによると「師範学校及び修業年限4年以上の高等女学校の優等卒業生または当該学年内に卒業すべき優等生にして地方長官（県知事など）により推挙されたる者たるを要す」とされ「優等生と認むべきもの」は、「資性善良　操行端正」にして、学業成績が「本科最終学年及其前学年に於いてその学級の及第者中首位より数えて卒業者に有りては全員の4分の1、生徒に有りては6分の1に至るまでの順位にある者」と定められた。この推挙制という入学者選抜方法によって創成期の奈良女高師は全国的にバランスよく入学者を確保し、本校と地方との人的・経済的支援関係を推進していったと考えられる（詳しくは『奈良女子大学100年史』参照）。しかしこの入学者選抜方法は時代とともに変化して、一般の大学と同じ形に変化していった。

当時の師範学校、女子高等師範学校はすべて全寮制であったが、全寮制で自炊は奈良女高師一校のみでこれが長く続くことになる。やがて改革されていく制度であったが私はまだ古い制度の中での入学、入寮であった。

11　CIEから突然の呼び出し

学生運動のつよい組織が多い関西の一角にあって奈良女高師も「社研」（社会主義研究会のグループ）が中心になって共産党細胞（末端の最小組織の呼び方）が活発な活動を進めていた。自治会委員長の私はターゲットにされて勧誘をされたが、理論的な学習には参加しても、政治的には中立的な立場を保ち、シンパ程度の存在であった。時には共産党奈良県委員会の事務所に出かけることもあり、絶えず監視はされていたと思う。

CIEは常に革新的な学生・労働者・知識人などの動きに注目しており、私が立場上、いろんな情報を共有していると思ったらしく、4年生の12月に突然の呼び出しを受けた。思い当たることもなく軽い気持ちで出かけた私は、本当に知らない事ばかりの質問に〝知りません〟〝わかりません〟の答えばかり。〝そんなはずはない〟との先入観から次第に厳しい尋問になる。

アメリカの軍人だけが３人。背後と両脇に突き付けられたピストルも本物に違いないと思うと、これで人生は終わるのか、という心の中の恐怖と闘いながらも、〝知りません〟を繰り返す。きっと余程の筋金入りと思われたようだ。ポーカーフェイスとは裏腹に恐怖と悲しみの極地であっても嘘を言うことはできない。どうやら以前一緒に会合に参加したことのある一人の男性活動家の行方を捜しているようで、特別な関係にあるのではないか、隠しているのではないかとの思い込みが根底にあったらしい。

真夜中になってやっと晴れた嫌疑にも一言の釈明・謝罪もなく突然解放された私は、静まり返った12月の真夜中の奈良の街を泣きながら走った。この体験が占領軍に対するぬぐえない不信感となり夏の逮捕に繋がることになる。しかしまたどんな時でも最後まで諦めない信念も自分のものにできたと思う。このこともまた学校側にとっては素直に卒業させられない要素の一つになったらしい。

ＣＩＥから呼び出された年の夏、３年目を迎えた東京・砧にあった東宝撮影所で東宝争議が最終段階を迎えて全国の支援団体が東宝撮影所に集まり会社側との交渉を見守った。

大量解雇に端を発した東宝争議は会社側と民主的映画人との対決が泥沼化して壮絶な闘いになっていた。

関西学連の常任委員であった私も誘われて争議の東宝撮影所に連日通い放水によるバリケードにも加わるほどの闘志を漲らせていた。しかも両親には「東京の夏の講習会に参加」と言って日暮里の親戚の家に泊めていただき争議に加わる毎日。とんだ親不孝者だった。

12　卒業はできたものの

昭和24（1949）年3月、一人の逮捕者もなく全員卒業、内藤学長の恩情に感謝した2日後、その欺瞞と国家権力の非情さに臍をかんだ。

卒業式を終え翌々日帰郷したその日に両親の前で奈良県警察の署員に逮捕されたのである。地域の顔役の父の顔を立てると言ってまず西枇杷島署に同行を求めた後その場で手錠をかけられた。署員の持つ縄に引かれて近鉄電車で奈良へと護送。逮捕理由は何もない。既に高校への就職が内定していたことへの妨害。卒業させたから学校は何の関係もなく、逮捕されようがそんなことは存じませんという事か、改めて権力への怒りがわく。しかしどうしようもない。どうしようもないことに怒っても何の得にもならない。初めのうちは後輩や知人からの差し入れの本も届き何の使役もない日々の暮らしが優雅に感じられたが、お決まりの官憲のやり方、本人が断ったとの理由ですべての面会・差し入れが無くなった。

卒業して帰郷した日、「きっと帰ってきて」と奈良駅で、涙・涙で送ってくれた友人修（註3）も何度か訪ねてきたらしく、皮肉を言われたがそれも途絶えてあの3カ月をどうやって過ごしたのか。辛い記憶もなくのんびり過ごした記憶しかない奈良少年刑務所での3カ月の未決囚であった。

（註3：友人以上恋人未満というのが本当かもしれない）

私より2歳上の修は当時もっとも強い労働組合の一つ国鉄（現ＪＲ）労働組合専従の活動家で背が高くハンサムな青年であったが吃音というハンディのため恋人はなかった。学生やインテリゲンチャは自分達と違う泥臭さとエネルギーを発散させていた革命的労働者たちに異質な魅力を感じ、労働組合の活動家は自分達には無い少市民的な感覚をプチブル的と批判しながらも女子学生の眩しさに憧れを抱いていたようで、憎からず思うカップルがいくつもあった。

奈良女高師には美人がいない、といわれていたものの、派手な化粧をしていないが、知的な美人も多かったと思う。その中で自分の容姿を自覚している私は誰にも好感以上の好意を持たないよう自制していた。修の家と私の下宿先が近くて帰り道には重宝なボディガードであったことが誤解を生んだようだ。私は修の吃音はあまり気にならなかった。感情が高ぶると話しにくくなるが、落ち着いて待てば十分に意思を伝えることはできた。ただ母一人子一人の関係を理解したつもりでも強いマザコンには我慢できなかった。仲間同士の話し合いの中では「おふくろ」と呼んでいた母親も、家では「お母ちゃん」と呼んでいるらしい。若い修の好意を重荷に感じながらの付き合いが卒業まで続いた。選挙期間中は一緒に農村や奥地にもオルグとして出かけ、他の仲間と一緒に泊まり、隣同士になっても理性を保つ若者たちであって、今の時代の若者との倫理観の違いがみられた。私が奈良少年刑務所に収監されたと聞き、真っ先に面会を希望したものの許されなくて二度と会う機会はなかった。

13　中身の濃い教育現場

昭和28（1953）年3月、早春の紀州路を私は一人で歩いていた。何か吹っ切れたような、身軽になったような気持ちとこれからの生き方への期待と戸惑いを赤いセーターに包んで郷里にむかっていた。

帰郷して間もなく名古屋市立三田中学校校長が就職の依頼にわざわざ自宅を訪問された。続いて名古屋市会議員の長谷川時令氏から大府市にある名古屋市養護児童施設への就職などのいろいろのお話を頂いたが、最終的には当時の名古屋市教育委員長中川耕作氏のお世話になって、昭和区の名古屋市立桜山中学校に赴任することになる。名古屋市の文教地区と商業地区の両方を学区に持つ桜山中学校は生徒数1000名を超え、配属された3年生はA組～G組までの7組、まだ戦後の混乱が収まっていなくて、仮住まいの塩路小学校から戻ったばかりであった。仮校舎に少し手を加えた程度の教室は、50名の生徒の机を並べると机間巡視も難しい。大きな声で授業をする私の声は教室の後ろの生徒よりも教卓に扉を接する隣の教室の後ろの席の生徒によく聞こえたという笑えない現実であった。

理科を担当する同僚の教師は私を含めて7名。うち6名が男性。そのうちの4名が独身という構成で、とても活気のある若い雰囲気であった。毎日生徒と接することが愉しくて仕方がない私は、教材研究にも熱心で若い情熱を注ぐ日々。A組の副担任としてクラスの生徒は勿論、授業を受け持つどのクラスの生徒にも親しく声をかけ、年配の教師の顰蹙を買う事もあった。熱心なあまり、指導上の疑問を先輩教師に教えてもらうために近寄ると「またですか」と困惑の表情も気が付かないふり。6名の中で一番若く、まじめで清潔な感じ、何よりも豊富な知識と研究熱心で信頼できる同僚、のちに人生の伴侶となる夫との出逢いであった。2年半という短い教員生活の中、結婚を意識し、交際をし出したのは退職する半年前くらいで、それまでは極めてフランクに信頼し合う同僚、という関係であった。その青さ、というか世間ずれしていない素直さは、頼りなさの裏返しでもあるという事に気が付くのはずっと後のこと。お互いに独身の若い者同士様々な思惑があり、そこに思春期の生徒たちの感情が混じったり、多彩な日々であった。

勤めて2年目の夏休みに教材採集と研究のために、和歌山県紀伊半島の尖端潮岬で4名の同僚と2週間ほど滞在したことがあった。

浜辺で採集した貝類を熱処理して分類しながら調べていく毎日は、今までに経験したことのない充実した日々であった。日焼けした背中の皮をはがし合ったりしてたわいなく騒ぐ姿は健康的な若さの象徴でもあった。

毎日の真摯な授業態度が受け入れられて、後になって「あの頃の勉強のおかげで進学の方針が決まりました」という生徒もあり、高校、大学を経て社会人として、パナソニック(当時)、三菱油化（当時)、日本たばこ産業などのエンジニアとして輝かしい実績を残した人も何人かあり、成人して訪れた姿に、教師冥利を味わった。

エネルギーの塊の15歳は時には脱線する。

「体罰厳禁」という今の時代と違って、体育系だけでなく熱心のあまり、厳しい叱責を加える教師もあった。私もただ一回だが苦い思い出がある。再度の注意にも応じなかった男子生徒5名を教卓の前に立たせる。「足を開いて」「手を握って」「奥歯を噛み締めて」と宣告して平手打ちをしたことがあった。手の痛さよりもそんなことをした自己嫌悪は帰宅してからも続いた。翌朝早く出勤してその生徒たちにさりげなく朝の挨拶をかけて、いつも通りのにこやかな笑顔が返ってきた時は救われた思いであった。「叱られてすっきりした」と話した水谷君、80歳の今もなおスイマーとして活躍しておられる。平成30(2018)年、富山市で開かれた「ねんりんピック」に名古屋市代表として参加し、「金メダル2個受賞」との報告があった。

桜山中学は市内の公立中学の中では、水泳部の活動が熱心で、好記録を持つ生徒もあって、水泳部の生徒は羨望と尊敬の眼で見られていた。名古屋市の小、中学校の水泳指導者のボス的存在であった奥平先生のご子息でひときわ体格のいい3年生の恒夫君は水泳部だけでなく生徒たちの中でも目立つ存在であった。

高校入試が近くなり、特別な課外授業を受け持った私は、平常の授業の人数をオーバーした教室の雰囲気に緊張していた。生徒たちも普段授業を受け持ってもらわない女教師の授業に好奇心を刺激され、やや緊張にかけていた。一寸不真面目な雰囲気のグループの中心の奥平君を名指しで「勉強する気が無かったら出て行ってください」と一言告げた。驚いた表情の後一瞬、立ち上がって退場しようとしたが教室はいっぱいの生徒で通れない。運動神経の優れた若者は、義経の八艘飛び宜しく三つほど机の上を渡って消えた。そのあと平常通り授業を終えたものの後味のまずさも残った。

翌日、奥平先生から私に呼び出しがかかった。「やっぱり来たか。まずいことになったな。まさか〝首〟という事はないと思うが」恐る恐る先生の所へ伺うと、なんと「有難う。僕に遠慮して息子の我儘を叱ってくれる先生がいなかったので、ますます増長していました。有難う」と仰られた。え？　叱られるのではなかったのか。意外な結果と父親としての正当な判断に改めて奥平先生を見直した。奥平君は早稲田大学の弁論部で鳴らし、名古屋市会議員に当選し、彼の活動を期待していたが残念なことに若くして早世された。

理科の授業では実験が欠かせないが、戦後の教育環境の悪さの中では、不可能に近かった。また高校受験のためにも、暗記もの中心の画一的な授業が優先され、実験を無視するどころか無用とする意見さえ出ていた。

大学では実験に時間をかけた私は、必要性とあの楽しさを生徒に体験してほしくて実験をとり入れることにした。危険を伴う事もあって通常の何倍かの神経を使い、危機管理と準備に時間をかけた。しかし生徒の真剣なまなざしや感動の声に出会うと苦労も喜びに変わった。年配の教科主任は否定的であったが、同僚で、もう一人実験を重視する仲間がいた。研究熱心で、周到な準備をして手際よく実験を進め、生徒の信頼を得ていた。ときにはジェラシーを抱くほど実験指導にすぐれていたのは、先にも書いた通り後に夫となる早瀬であった。早瀬も私も空き時間のほとんどを職員室ではなく、理科準備室で過ごし、いつも準備室に出入りしていた何人かの常連の生徒もいた。フラスコで沸かしたコーヒーが人気であったが、それに対して厳しい表情の同僚もあった。ただ有難かったのは、当時の校長に好意的な目で見て頂けたことであった（後に二人の結婚式の仲人をして頂いた）。まわりに気付かれないように連絡もできた。別々に職場をでて途中での待ち合わせの時間を変更したいとき「すみません。サンプルの試料を5グラムとお願いしましたが6グラムにして頂けませんか」「ＯＫ、了解」これでは疑問視されたり、憶測されたりもない。

１９５０年代はクラシック音楽をＬＰ盤で聞かせる雰囲気の良い音楽喫茶があった。私達には今池の【田園】が定番のスポットであった。固い理科の話題などもまた楽しく、お茶の後、別れて彼は帰宅、私は速記術の夜学へという日もあった。

あの時代サラリーマンの間では麻雀が人気の娯楽で、早瀬宅が会場になることがしばしばあり、何人かの同僚とお邪魔した。おかげで家族関係もある程度は把握できていた。

彼の母（のちの姑）が息子の結婚条件を匂わせていたのは今思えば牽制であったのか。女性はお茶、お花、裁縫、料理すべてを身につけ、堪能で、貞淑でなければならないし、職業婦人は嫌い、と漏らされていた。明治35年生まれの女性には珍しく、大妻技芸学校（現大妻女子大学）卒業という高学歴の持ち主。でも学歴と姑としての感覚は関係ないことを後に理解することになる。早瀬の家は第2次世界大戦の終わりころ樺太（現サハリン）から引き揚げてきて質屋を開業していた。

退職する最後の年、担任の2年のクラスの少女とのトラブルがあった。もともと問題ありの生徒であった。校舎の裏手の呼び出され、ドスを突き付けられた。彼女を激怒させた原因はほかの数学の教師の叱り方のまずさにあったが担任としての私に向かっての反抗であった。「お前を刺して私も死ぬ」との言葉に一瞬の恐怖がかすめる。大学在学中にCIEの呼び出しでピストルを突き付けられての尋問を受けた記憶がよみがえり、冷静に対処できた。〝未来ある人生を〟と説いたことが身に染みたらしく、のちに結婚し、女の子を抱いて一度だけ訪ねてきたことがあった。経験が生き《人生に無駄はない》と改めて考えられた事件であった。

14　夜中のお願い

トントン「お願いします、すみません」トントン「お願いします、すみません」

「しょうがないなあ、せっかく寝付いたところなのに、はーい」と私。

隣の部屋に寝ているはずの夫の声。枕もとの時計は11時を指している。

「ラジオが上手く入らないんですけど」

7年前（2010年）から脳梗塞による軽い認知症を患う夫は昼間にうとうとすることがあって、夜はラジオを聞くことが多いが、よくチャンネルやボリュームの調節ができなくなってしまうことがある。灯りを付けてチャンネルを合わせる。

「良かった、良かった。有難う」すぐに寝付ける特技の持ち主の私は布団に潜り込む。

トントン「お願いします、すみません」トントン「お願いします、すみません」

「また？」「電気が消えないんです」丁度1時間たっている。眠いのを我慢して希望を叶えて布団の中へ。

トントン「…………」全く同じ頼み声が1時間後。

「また？　いい加減にしてよ」

非難したい言葉が舌の上に乗る。でも恐縮した表情と頼みを聞いてもらった時の芯からの嬉しそうな顔を思うとその言葉をのみ込む。エアコンの調節ができないというのを直してその晩はお役御免。


それから数日後、酷暑の夏真っ盛りの8月中旬の明け方、そろそろ夜明けかなとうつらうつらしている耳に〝ドシン、バタン〟と物音が。

「え、何の音？」

夫の部屋の音と気が付いてあわてて起きて覗くと、北側にあった戸棚を南側に力ずくで移動している。途中の板が外れて両足の向こう脛から血が流れ、パジャマの裾も床も血がべっとり。

「何しているんですか？」思わず声がとがるが、自分でもなにをしているかわからないらしい。ベッドに腰かけてもらい、消毒液、傷薬、ガーゼ、包帯で応急処置を済ませ、パジャマを簡単に濯ぐ。

2年前に畳の床をフローリングにしておいて良かったと思いながら拭き清める。

転んでいるかもしれないので早速名大病院の「時間外診察受付」に電話をして診察に出かける。

ここ1～2年の間、ときどき深夜・早朝の診察を依頼することがあり、手続きも慣れたもの。いろいろの検査の結果、まあ大丈夫、という事で帰宅したが、傷口の手当てを充分にしてもらわなくて3日後から傷口が化膿し、車道《くるまみち》の宇野外科にほとんど1カ月毎朝通う事になる。

幸い市内に住む二女に送り迎えを毎日してもらうことができた。

その1カ月後、平成29（2017）年10月8日、いつものように一人で買い物に出かけたコンビニのファミリーマートで転倒した夫は、救急車で病院に運ばれた。3カ月の入院で人生の幕を閉じ、一人暮らしとなった今、夜中に起こされることもない。二人の娘たちの協力で３カ月間、毎日病院に通って看病できたことでそれぞれの気持ちも納得のいく別れであったと思う。

共に歩いた60年余りの人生、後悔が無かったといえば嘘になる。詫びたいこともたくさんある。

力不足ながら精一杯、共に生きた人生だった、と思いたい。

夫早瀬龍男は昭和３（１９２８）年９月11日樺太（現サハリン）豊原市に生まれた。樺太一の大都市豊原市の大店〝あさや呉服店〟の後継ぎとして、待望の男児誕生であった。実は龍男の兄が二人とも生後１年以内に亡くなっている。大正13年８月30日に長男東吾さん、昭和２年９月25日に二男舟助さんが他界。

そのあとの男児誕生が、両親にとっていかに待ち侘びたものであり、龍男が大切な宝物であったか、大切に大切に育てられたことは、龍男が穏やかで優しく人を疑う事を知らない素直な性格の持ち主であったことからも察せられる。龍男が亡くなって、その後の手続きの中で初めて知り得たこの事実に、納得のいくことが多くあった。

大店のボンボンとして数多くの丁稚、おなご衆の中で育てられたのに、我儘でも、尊大でもない子供として成長したのは、両親の育て方の立派さと本人の聡明さの賜物であろう。音楽・絵画などの文化的な環境に恵まれていたようで、その造詣の深さと幅広い知識は最後まで私にとって越えられない溝であり、羨ましいものであった。ただいろいろの楽器や絵画を学び始めてもほどほどのところで納得するとさらに深く極めようとはしない甘さがあった。

龍男の父は愛知県一宮市の農村の長男として生まれた。小作農の未来に希望が持てない明治・大正のはざまで、単身樺太にわたった。持ち前の能力・性格と努力によって丁稚から番頭へと出世し、暖簾分けによって手に入れた店を娶った妻と共に苦労して大店に発展させたのである。

母親は当時にしては珍しい高学歴の才媛であり、多くの使用人を纏めて店を発展させた手腕は見事なものである。

幼い時から読書好きの龍男少年は、姿が見えない時はいつも隣の本屋の帳場の陰で本を読んでいたこと、小学校から豊原中学校に入学時、学年の先頭で号令をかけていた小さい姿が誇らしかった、と何度も繰り返し聞かされたのも息子への期待と信頼からくる自慢であったのか。私の知る龍男は平均よりやや大きい体で、小さい体を想像するのはむずかしかった。

第2次世界大戦の戦局が悪化していく中で、昭和18年、家族は父親の故郷に近い名古屋市に転居、愛知一中（現旭丘高校）3年の編入試験に合格して、愛知県で一番の受験校の生徒となるが、豊原中学との学力差にひどく苦しんだ模様であった。豊原中学の優等生であった息子を信じている両親に苦しい現実を知らせることも出来ず、寒冷地での下着を級友に指摘されてのいじめも重なったのに、引きこもりにならなかったのは、案外隠れた精神力の強さによったものか、一念発起して相撲部に入って、いじめのつづく中で逞しさを鍛えていった根性は立派なものであった。

名古屋大空襲で焼け出されて一宮市に転居して再度空襲に遭い、しばらくは父の実家にお世話になっていたとのこと。名古屋から一宮まで歩いて引っ越した話は今も信じられない過去の話。一宮市で敗戦を迎え早速現在の地に家を建てるために一宮から通う父を助けて名古屋・一宮間を自転車やリヤカーで通ったこともあったとのこと。戦時中、一中の生徒は海軍兵学校、陸軍士官学校、陸軍幼年学校、海軍飛行予科練習生などに応募して合格し、軍人の卵として育っていった。しかし龍男はそのどれにも応募しなくて学校からも好感を持たれていなかったそうだが、その信念の根拠がどこにあったのか。真からの平和論者であったのか、先が見えていたのか。聞く機会もなかった。

当時中学校からの進学先は、名古屋ではまず第八高等学校に入学し、卒業して東京・京都・大阪・名古屋帝国大学などへ、というのが進むべき方向であった。後々母親（私にとっては姑）から、どこも受かる力はあったが経済的理由で受験を諦めたと聞かされた。受験したものの全てに失敗したという事実を知ってもこれは誰にも聞かせられない話であった。樺太での大きな財産のほとんどを失った早瀬家ではかなり厳しい経済状態ではあったことも事実。

名古屋で両親が創めた職業は樺太の時代の経験を生かした質屋であった。そのころ質屋で扱う商品のほとんどが衣類であり呉服商を営んでいた両親にとっては、衣類の目利きが大切な、この仕事は一番ふさわしい職業だったようだ。でも軌道に乗るまでは決して楽ではなかったらしく龍男の進学の話も納得できるものもある。龍男の妹二人、弟一人の学費も大変に違いないとの兄としての優しさも根底にはあったと思う。

浜松工業専門学校（現静岡大学）の臨時教員養成所（浜松臨教）の理科を受験し合格したものの通学できる距離ではなく、遠い親戚にあたる御油《ごゆ》のお寺に3年間下宿することになる。名古屋の食糧難に比べるとやや恵まれた御油から土曜日に帰宅するとき「雨水で握ったお握りを持ってきてくれた」と涙ながらに想い出を語る母親は、かつての大店の奥方のプライドと、戦後の食糧難の厳しい現実との両面の折り合いをどのようにつけておられたか。

そして龍男は19歳で中学校に希望に燃える青年教師として赴任し、生徒たちに慕われる好ましい教師に成長していった。

外地で生まれた龍男にはグローバルな生き方を好む血が流れていたようで、就職すると直ぐに、趣味としてアマチュア無線を交信できる資格を取り、各国の仲間との交信を愉しんでいた。これは結婚後も続き、庭に高いアンテナを立て直しては感度を良くすることに努めた。無線の傍ら英語・ドイツ語・フランス語・ロシア語の勉強を続け、テキスト、テープ等をそろえて、よくもと感心するほど熱中していた。外地との交信は、時差の関係で真夜中、明け方が多く、私にとってはストレスの元となることも多かった。

夫としての龍男は、結婚して想像もしていなかった質屋の嫁となって、両親を助け子育てに励む妻の苦労をどこまで理解していたのか、家業には全くの無関心な夫であっても両親にとっては優秀な教師としての息子であり自慢であった。そのころには珍しい海外旅行にも出かけた。1ドル360円の時代。海外持ち出しが500ドルという制限があり、その費用を教職員組合から短期借入金として借り入れ、暫くは返済を続けた。

職場では同じ学校の出身者も少なく一匹狼のような立場であった。

清廉潔白、まっすぐの生き方を信条としてきた。清濁併せのむ気概には程遠く、それが龍男の性格であり裏表を演じられない性格であった。ただ一度「校長になって思うように学校運営ができたら楽しいかもしれないな」と漏らしたことがあった。しかしそれができる場所もなく時代でもなかったからあれでよかったのかもしれない。逆境にあってとことん勝負できる人間ではなかった。サラリーマンにとって所属する部署でのトップになることが最終目的と考えられた時代、校長になれない事が歯がゆかった舅の悔しさが哀れであった。

当時話題になりかけていた成績処理のコンピューター化をいち早く取り入れようと3人の同僚とはじめ、学校側にも予算を計上してもらったが完成に至らなかった。まだ条件も悪くよほどの努力と思考力を必要とした時代であって、龍男には何事にも詰めの甘さがあり、中途半端で終わることがあった。悔しさをばねにする根性は罪悪とみるところがあった。格好よく生きるだけが生き方ではない、という考えを持たない人間でもあった。また個人的な家庭教師を続ける中で自宅に2教室を建てて学習塾を開いた事が「学習塾は妻の仕事」という建前であっても、当時禁止されていた教師のサブワークと誤解されたらしい。

いろいろの悪条件が重なって結局西区の学校に降格転勤。当時問題になり出した非行生徒の多い学校であり、好ましくない生徒への対応が甘い教師もある中で、妥協しない龍男の態度は、周囲の反感を買って体調を崩して入院することになった。

　胃潰瘍と診断され、栄のセントラル病院（当時）に入院するも、約2カ月の病院生活は快適で、明るい病室での読書三昧の生活のおかげで完全治癒。しかし戻った環境が元と同じでは再発も当然であった。ふたたび体調を崩して鶴舞の横山胃腸科（現横山記念病院）に入院、手術を受けることになる。胃の3分の2を摘出する手術。順調に回復して新学期からは復職できた。一回の食事量が少ないから何回にも分けて食べる必要があり医師の指示に従って少量に分けた弁当を持参。回数を増やす食事療法も教師間の反感を買ったようで辛い勤務だったと思う。また海外旅行での沢山の写真を「見たい」という同僚の言葉も本心であるのか社交辞令なのかの見極めがつかなくて沢山のアルバムをもっていって仲間の反感を増幅したり。社交辞令を真に受ける素直な性格が裏目に出て、人の気持ちの裏側を話す妻の言葉を理解できず、最後まで人の善意を信じた人であった。もっとその気持ちを理解し支えていくべきだったと今は思っている。龍男は復職した年を最後に55歳で退職した。ホッとする間もなく河合塾から声がかかった。こちらは教科の学習指導に専念できる龍男にはふさわしい愉しい職場であった。

時間の余裕ができてかねてからの希望を生かして、鶴舞公園のラジオ体操の会に参加しながら太極拳を始めた。次第に仲間も増え晩年の生きがいとして88歳ころまで続いた。龍男が亡くなってアルバムを整理していて、太極拳の仲間との本当に嬉しそうな笑顔の写真を見つけた。他では見られない笑顔の数々だ。太極拳の仲間に改めて感謝の気持ちでいっぱいになった。

学習塾は生徒の人数も増え充実してきたのでできる限り二人が協力し、生徒の皆さんに信頼される授業を精力的にこなした。若い時には多過ぎるくらいのボリュームを誇った髪の量が減り前の方から後退してきたのを気にして、生徒に自己紹介するとき「髪を生やせ(早瀬)です」と澄ましていう事もあり、さりげなく口にするユーモアは一瞬の間をおいて理解され笑いを誘うものが多かった。穏やかで謹厳な表情とのアンバランスがより効果的なようであった。

退職してから本格的に始めた川柳は中日川柳会の常連として数多くの作品を投句し、月一回の例会でも作品を選ばれることもあり、その後、選者として『中日新聞』紙上で時に名前を見ることもあったが、自分から自慢をしない人でもあった。82歳の秋に軽い脳梗塞を起こして軽い認知症が始まった。時々体調を崩し短期間名大病院へ入院する事があったが、たいていは1週間前後。お家大好きな龍男でも入院中は病院の先生や看護師の方、家族に我儘をいう事はなかった。歳相応の物忘れ程度でも川柳が上手くできなくなり句会への参加、投句をやめたが、川柳と同じころから始めた俳句は気にいっていた模様で、亡くなる半年前まで句会に参加していた。「なるべく家族を川柳や俳句の題材にしないで」との約束を守らないで句集に載る句に驚かされた。

〝両の手で妻に捧げり屠蘇の杯〟

の句に対するご指導の梅田先生の評を見つけたのは龍男が亡くなってからである。「長年苦楽を共にした夫婦なればこそ、と少し照れて妻に屠蘇の杯を差し出す。それも両手で捧げるように。普段無口で、無関心をよそおっている夫が、妻に捧げる最高のステージ」

いつまでも大切にしたい句と評である。

脳梗塞が見つかってからは飲酒を制限されたのが何より悲しかったようで、止めても止めても隠れるように、時には開き直って飲んでは、自己の意志の弱さを嘆き、「禁酒」「断酒」と自分で書いては決意を新たにしたり、落ち込んだりの繰り返し。もっと気持ちよく飲ませてあげた方が本人のためだったかな、との思いがいつまでも残る。

亡くなる2年くらい前から週2回、半日のデイサービスにお世話になり愉しくストレッチに参加していた。

いつでも施設の職員への感謝の言葉を忘れず、家でも食事の時は「遊んでいても食べれて有難い」「少し多いと思ったが美味しくて食べれちゃった」との言葉が返ってきた。有難い、ご馳走さま、を忘れない人だった。私は食事の時間だけはおろそかにしないと決めていたが、会合の後などでのんびりしている友人を羨ましく思う事もあった。しかし、次第にそれが生き方のスタイルになって定着していった。龍男自身で自分の飲み物、おやつを買いに毎日コンビニ、スーパーへ歩いて行くのを楽しみにしていたから、あえて止めないでいた。

その好きなコンビニの前で転んで救急車で運ばれたのが平成29（２０１７）年10月８日、そこから寝たきりになって３カ月。

病床では初めの頃は「家に帰りたい」というので在宅看護も考えたが、私の歳から考えて無理と判断、最後まで病院のお世話になり二人の娘の協力で、ずっと病院で医師の行き届いた手当てを受けることができて、家族にとって納得のいく看とりと別れであった。常に人の好意を信じ、人の倖せを願い、その妨げになるものを心配する心優しい人、そして感謝を忘れない夫であった。

15　質屋の嫁と子育て

結婚するまで私は家業の質屋を手伝うとは夢にも考えていなかったが、結婚してすぐに当然のように手伝うことになった。質草の鑑定や出し入れの仕事はすべて舅・姑の仕事であったが受けだしに来なくて期限の切れた品物――質流れ品――を売り場に出して売れるように手入れをする仕事の協力。期限切れになる品物を預かったお客の家が分かっているときは、訪問して催促をする。その役目は必ず私であった。初めの頃は質草は衣類がほとんどであったが、次第にカメラ・時計・指輪などの貴金属が多くなり、その価値の鑑定にはそれなりの知識が必要になり、私の負担も増えた。

夫は全く家業には無関心でただ真面目で熱心な教師であり、それを良しとしてむしろ自慢する両親であったから夏は登山、冬はスキーに出かける夫を喜んで送り出す妻を演じなければならなかった。

1年後には長女が生まれその2年後には二女が生まれた。子供が成長して子供のため親子4人で外出、行楽も許されるようになったものの嫁の立場に変わりはなかった。質屋という職業は大晦日の除夜の鐘がなってもまだお客の出入りがあり、『ゆく年くる年』のテレビを奥に聞きながらお客と対応し、帳面を締め午前2時ころやっと客足が途絶える。両親が床に就いてからも後始末をして表を掃き清め4時ころになって自分の身体になる。

そのころ元旦は小・中学校では四方拝の式があり、夫と子供たちを時間に送り出さなければならない。

式を終えて帰宅するころ起き出した両親と家族そろって改めて新年のお膳を用意することになる。年末の疲れで両親はこたつの中でゆっくりされるが嫁には大切な仕事が始まる。

翌2日には夫の兄弟姉妹が家族そろって年始の挨拶に来る。2〜3泊する習わしになっていてその準備が始まる。2人の子供が小さかったときも手が回らず、泣いても面倒が見られなくて可哀そうなことをしたと思ったが、この時代の嫁はこれが当たり前のこと。食べきれないほどのご馳走をするのが温かいおもてなし。年末から準備した品々に加えて台所にこもりっきりの日が続く。

その間舅・姑は本当に嬉しそうで、夫も弟妹に囲まれて嬉しそうにしていると〝良かった〟と考える一方で自分ひとり「よそ者」という疎外感に情けなくなる。でも不愉快な顔を見せることは許されない事、達観した嫁になることはむずかしい。

舅が亡くなって質屋の責任が重くなって質流れ品の売買の競り場にも通うようになり、姑との商売が昭和55年まで続いた。姑が亡くなる3カ月前に廃業して身軽になり、姑の他界を区切りに親子4人の生活が新しい形で始まる。龍男は「男子厨房に入らず」との姑の固い信念と生まれてからずっと長男として別格の育て方をされてきたことで、鷹揚な長男としての立場に見合った生活が性格になっていた。それを許してきたことは私自身の責任でもあり、家事を何もできない、やらない、させられないと3拍子揃った高齢者にしてしまった。それは自業自得というしかない。

龍男は子育ても両親と妻にまかせっきり、というより信頼していたようで、子供にとっては穏やかな父親であり、父に叱られた記憶がないほど。読書好きの龍男はよく長女に本を読み聞かせていた。このおかげで、長女は今に至るまで芯からの読書好き。小学校1年の時に「図書館に行ってくる」と言って出ていったことがあった。まだ鶴舞図書館が無くて、県立図書館が今の芸術文化センターの位置に建っていた。家から子供の足でどう考えても30分はかかる。「無理だよ」と言っても「いい」とやや意固地に言って出かけてしまった。この時龍男が、見えかくれに尾行して図書館についたのを確認したことがあった。後に長女が述懐して「本の世界にいると、怖いお母さんの顔を見ないで済むから」。よほど怒りっぽい母親であったらしい。これは確かに姑に対する不満の捌け口が専ら長女に向けられていたという事で小学校低学年の頃の長女がいつも泣き顔をしていた原因でもあった。

「読書とは孤独な作業ではなく、作者との対話の世界」という事を何かで読んで、長女は読書の中では愉しい世界を持っていたのかもしれない。

二女は何でも自分で考えてきっちりとする性格で、小学校高学年になって友達や友達のお母さん達からの信頼も厚く、子供達だけでの外出も「淳ちゃんと一緒なら大丈夫」と許されていた。豊かな感受性と信頼される性格で、中学生の時の部活動の部長になってからも無口で背中で信頼を得ていたと聞かされた。しかし母親の気が付かないところで心の中に抱えた悲しみと悔しさに自分なりの折り合いを付けていたようで、「この子は何でも自分でできる子」との親の思いは全くの間違いで、構ってくれない親への反発と諦めを持っていたようだ。

テストでいい点数をとっても、図画のいい作品を描いて学校で褒められても「この子ならできる」との思い込みがあって、後に母親に「褒められたことが無かった」との言葉を聞いて取り返しのつかない事をしたと申し訳ない思いをした。

豊かな感性から選んだ職業は、成果を上げるいい仕事に繋がっていたが、人間関係ではつらい思いをすることが多かったようだ。人生の苦しい時も力になれず一人で乗り越えたことに、親としての悔いがいつまでも残る。

16　生きがいを見つけて

二人の子供が成長して、自分自身の今後を考え、初めは家庭教師として外に出ていたが、やがて教室を建てて学習塾を始めることにした。夫はまだ学校で教職についていてサブワークはできなくても、私が資格もあり時間も十分にとれるようになってきていたから軌道に乗せることができた。後に龍男が定年退職して、河合塾の講師になってからは二人で塾の運営に専念できるようになった。この頃には二人の子供もそれぞれの職業に就いて自立した。40年近く塾の教師として打ち込んだことは生きがいでもあり、若い人たちと学び合える楽しさ、それに伴う責任の重さもまた励みの一つであった。教室の大きい方はグループの指導に、小さい方は個人または少人数のための教室であった。グループといっても一人ひとりの能力も理解力も異なるし、その日の体調もある。様々なファクターを考えると、ほとんど個人授業のようなものであったし、それも楽しかった。授業は毎日夕方

7〜9時まで。スタートは中学生対象であったが、小学生も、との保護者の申し出に応じて夕方早い時間帯をそれにあてた。初めにあった小学生の授業への不安は、すぐに期待と熱意に変わった。〃幼稚園から〃との依頼は流石にお断りしたもののその生徒さんとは妹、従弟まで9年間の縁に繋がった。

淑徳中学（水泳の名門校）の水泳部や名古屋学院中学（現名古屋中学）の水球部のように部活が終わってからの授業は夜8〜10時で時にはそれを超えることもあった。淑徳中学は小学校からの厳しい受験戦争を闘って入学した生徒たちで学力レベルは名古屋市内でも一、二を競うものがあり、繁く行われるテストの結果が悪いと退部させられるとあってこの水泳部で活躍していた二人の姉妹は真剣であった。どんなに疲れていても居眠りしたことは一度もなかった。こちらの方が励まされ、より効果的なレベルアップ方法の摸索に私自身も学ぶ機会が多かった。一方極度に体力を消耗するらしい水球部の名古屋学院中学の生徒は暫くすると居眠りが始まる。当然のこと。そんな時は10分くらい様子を見て元気を出してもらう事もあった。

この本の執筆を提案し、ずっと指導して頂いた菜穂子さんは彼女のお祖母様と私が女学校のクラスメートというご縁。妹と3年間通って来られたが彼女にはアトピー性皮膚炎があって、テスト前やテスト中のようにストレスが高まるときは見ていて気の毒な思いがしたが見事に克服された。何の力にもなれなくて申し訳ない思いがしたが、龍男のさりげないジョークが愉しかったとあとできいた。妹思いで強い意志を表に出さない菜穂子さんと対照的に明るい妹と二人、自転車で来るとき、

「市バスと競争してきた」

と言われてひやひやしたこともあった。皮膚炎の回復はご両親、お祖母様の愛情の賜物でもあった。遠くから通って来る生徒もあって家族の送迎が必要な場合が多い。菜穂子さん達も季節・天候によってはご家族の送迎も多かった。菜穂子さんのお父様は、車の窓から教室の私と目が合うと必ず降りて挨拶をされる方であった。普通目礼か軽い会釈で終わるのだが。

ずっと不登校の男子生徒が塾だけは休まず来ていて居場所になったようであった。最終

的には中学校を卒業して高校に進学でき、度々相談に来られたお父様の心のよりどころに少しはなれたかな、と思うことができた。

瑞穂区から5年間通って来られた直子さんは、始めはお祖母様と一緒だったがやがて一人で通うようになって、時々バスの中で居眠りして栄まで行き、もどってきたこともあった。今では市内屈指の果物店の本店で、社長であり名古屋中央卸売市場婦人部長のお母様を支えて店長として活躍されている。今でもこのお店の果物は私の健康を支える重要なファクターである。

名古屋の老舗菓子舗で未来のお店を支える兄妹が通ってこられたころのこと、祐輔君は当時中日ドラゴンズで活躍中の浅尾拓也投手が大好きで、よくピッチングのフォームをまねながら「僕野球選手になりたい」と言っていた。「お店を継ぐのでしょう」との私の心配に、妹の一言「お兄ちゃん、大丈夫、お店は私が継ぐから」。流石伝統のある老舗の血の逞しさと柔軟な発想。改めて感心したことを思い出した。

実はこの兄妹のお母様も小学校から中学校までこの塾に通っておられた。

金城学院中学の3年間、毎年夏休みの自由研究に「数学」を選ばれた。1年は「黄金比」を中心にして本や印刷物のサイズを調べる。2年は「確率」の問題を気の遠くなるような回数の実験を通して検証、3年はアメリカの小学校の算数の本を取り寄せて日本の算数の教科書との比較検討。これには英語力も養われたはず。3年間優秀な作品として、毎年校友会誌に掲載されたが、これは私がただヒントを出しただけで、お母様の協力を得て一人で仕上げたものでただただ感心した記憶がある。

私はよく、生徒の斬新かつ柔軟な発想に教えられ、それを授業の中で利用させて頂くことがある。ある時、中学1年生に《素数》の説明をしながら「素数は自分自身と1だけしか約数を持たない我儘な数である」と伝えたところ、野球小僧の元気な生徒が「素数は一人ぽっちの可哀そうな数だよね」と。この生徒の中の隠れた感性に絶句し、これ以後この言葉も披露したが、見ただけではわからない生徒の心の襞？　心の綾？　に目を向けるきっかけになった。今では大きなクリーニング店の経営者として活躍されていると聞く。

解けない問題があると、じっと固まったようになる中学3年生の男子生徒があった。

「わからないところを聞いて進めないと時間の無駄ですよ」といえばなお緊張してしまったようだが、このごろ時々目にする「場面緘黙」という疾患であったかもしれない。

解らないところが解らないらしい。「どう質問していいかわからない」というのが本音らしい。初めは強情な子？ と誤解しそうになって、ふとしたきっかけからコミュニケーションが取れるようになり、本人よりも私の方がほっとし、また一つ学んだ貴重な経験であった。

当時塾は必要悪のようなもので、家族にとっては、できれば塾通いを隠すこともあり、また子供の学力が丸わかりになるから近所の塾は避けたいところなのに同じ町内のほとんどの家庭で中学生になると早瀬塾、と決めて頂いていた。両隣、お向かい、裏など。

少しはなれた所から通っていた3人兄弟の一番下の弟が中学2年の時、お父様が自死されたことがあった。残念だけれど塾をやめなければ、との相談があった時、将来を期待していたのでお母様に卒業までの継続をお願いした。他の生徒と同じように月謝袋を渡し、空で返していただくことを条件に。期待通り東北大学に進学されて、帰省された時には決まって訪ねてこられ、龍男も喜んでいた。塾の使命は《勉強のノウハウを学び、理解力と考える力を養いながら人としての生き方を学ぶ》などともっともらしいことを言っているけれど、生徒と保護者にとってはテストの点数を上げ、良い高校に受かることである。そのための教材でありテクニックである。でも週に何日か顔を合わせ、雑談を交わしている間にお互いの人間性が分かり、いつの間にか影響を受ける。怖いことでもあり、楽しみでもある。龍男が多くの生徒たちに好かれ、信頼されたのも持って生まれた性格と、絶えることのない向学心のおかげだったとおもう。塾で出会った生徒、家族の思い出は限りなく多い。多くの人々に支えられた幸せな人生である。

17　「心の電話」相談員の10年

昭和57（1982）年から10年間、愛知県教育会館の電話相談員を務めた。名古屋駅地下街の中を抜けて白川第三ビルの7階にあり、平均して週に1回くらい3〜4時間の担当。3カ月間は事前講習があり、その後も月に1〜2回の講習があって、相談員自身の学びの場であり、いい勉強になった。

塾の時間を考えて夜9時から午前1時までの深夜当番を希望した。終わると都ホテル（当時）の裏口にタクシーを呼んで頂いての帰宅。帰宅して就寝するころには夫は熟睡中。

翌朝はいつものパターンで自分としては迷惑をかけていないとの自負があったが、自分サイドの感覚だったかもしれない。相談は学生・生徒を中心に若い人たちが対象であって、今どきのような〝いじめ〟の相談はまだ表面化していなかった。基本は相談員の意見を言わない事。ただ「聴く」ことが大切な仕事で、考えを押し付けない事が原則。居場所のない小学生の声、近親相姦に悩む高校生や母親の声もあり時間帯のせいで不真面目な嫌がらせもあった。相談員は1回に3〜4人が務め、相談の時間はおよその時間制限はあったものの、相談員に任されていた。10年間、他人の悩み、意見を聞き、自分の考えを洗い直し、鍛える機会にもなった。また相談員同士の話し合いの機会も持たれた。

同じ時期に相談員同士の世話役を受けていた数名の仲間は相談員をやめてからも毎年集まるように会を作り、長く交流が続いた。その中心になられた宗教家野田風雪氏は、刑務所の教誨師やラジオの宗教番組に時間を持たれ放送文化賞を受賞された温厚な紳士であり皆さんの尊敬の的であった。

18　雪の鞍馬山で骨折

毎年、1年に何回か京都の鞍馬山に出かけていた。運動というよりは鞍馬寺の本殿と奥の院への参詣が目的であった。

鞍馬山の信仰の【人間を初め、この世に存在する全てを生み出している宇宙生命・宇宙エネルギーを我が心として生きていくこと】というのに何となく共感し、鞍馬山一帯が大自然の宝庫として、動植物が網のように相互に関係しあって複雑な森林生態系を形成していることに興味と魅力を感じたことに始まり、姉夫妻が毎月伏見稲荷と鞍馬寺へ参詣していたのに同行しているうちに自分の行事として単独で出かける習慣になった。いつも一人旅であった。

平成11（1999）年の1月末（今から20年前）、鞍馬山は僅かな残雪のためぬかるんだところが多く、地表に出た大木の根はつるつる。本殿から奥の院への山道はきちんと整備されてなくて歩道のないところも多く、踏み固められた道をたどっていくところもあり、高度はあまり無いが難儀な道が多かった。この時期の奥の院への参詣者は少なく、ほとんど出会う人もない季節。慎重に本殿から奥の院へと進む丁度中程の所で、つるつるの木の根に乗った途端に右足が滑り、その足の上に体重がかかってしまった。痛い！　というより、やってしまった！　と思い、立とうとしても全く立てない。後でわかったが右足首完全骨折。

〝困った。どうしよう〟

と暫く思いを巡らしていた時、貴船神社から鞍馬山側に下るコースをたどってこられたグループがあった。携帯電話もスマホもない時代。もしあの方たちに会わなかったらどうしていたのか。

いつもこうして人々に恵まれている幸運に感謝しながら、男性の背中に負われて本堂まで下山。大丈夫、平気、平気、と言いながらも45kg近い人を背負って山道を降りる大変さに耐えかねて2〜3回交代された事は全く申し訳なかった。

本堂から救急車で比叡病院に到着。日曜日なので取りあえず当直医による検査の結果、右足首複雑骨折とわかる。ギプスを嵌めて、

「入院ですね」

「いえ、帰ります」

「冗談でしょう、どうして」

（こんな遠いところで入院したら後が大変）という言葉はのみ込んで、

「帰りの新幹線の切符が無駄になりますから」

「歩けませんよ」

「松葉杖をお借りできませんか。後で送りますから」

「松葉杖を使ったことはありますか」

「一度もないです」

「お家の方を呼んだらどうですか」

「こちらへ着くころには帰れますから」

押し問答の無益を悟った医師に治療代を払って、軽くなった財布で京都駅までのタクシー代を心配しながら京都駅へ到着（この時お借りした松葉杖はすぐに送り返した）。

今ほど障害者への理解が進んでいない時代、というよりも障害のある人をあまり見かけない時代であった。汚れたコートを着て（山で滑ったまま）、松葉杖を突きながら時々転ぶ老女に声をかけたり手を貸したりする人は誰もない。却って気楽でいい、と思うのはやせ我慢か。とにかく痛い、恥ずかしい、悔しい、情けないと思いながらエスカレーターでホームに上がり、到着した電車に乗る。指定席を求めた電車ではないし、痛くて客車内で空席を探す気力も体力もなく、緑の公衆電話機（当時）のあるところに立つのが精いっぱい。車内販売のスタッフにお願いして車掌さんに来て頂き、事情を説明して名古屋駅での対応を依頼する。

京都—名古屋間が今の2倍以上の時間がかかっていた頃で、名古屋駅にまだ乗客用のエレベーターが無くて、貨物専用のエレベーターでコンコースに降り、車椅子でタクシー乗り場に到着。自宅について龍男に、

「タクシー代はらってください」
と頼み、夫に驚いた様子が無かったのは予想外のこと。
こうして翌日覚王山の蜂谷《はちや》整形外科に入院することになる。無理をしたおかげですぐ手術ができなくて、1週間牽引の末、手術をして頂き、手術の2日後からリハビリが始まる。
〃昼間は横にならない〃
〃病院食以外は食べない〃
などなど自分なりのルールを決めて、入院から19日目に退院の許可が出る。ただし退院するためには①松葉杖で階段を昇降できること、②松葉杖で病院の周囲を一周すること、などの条件を出され、それらをクリアして我が家へ落ち着く。
翌日から松葉杖のまま教室にはいって授業再開。しばらくは松葉杖を使っての病院通い。車での送迎を、との龍男の厚意を断り（自分の不注意で起こしたことは自分の責任）、松葉杖での地下鉄利用。家で家事や授業の時つい松葉杖を使わなくなり、見抜かれた院長先生から「今度転んだら歩けなくなりますよ」と厳しい叱責。患者にとって随分怖いドクターであった。こんなに叱られたのもいつ以来か、と思いながらなるべく忠実に守りリハビリに励んだおかげで5月になって「釘を抜きましょうか」との診断。7㎝くらいのチタンの釘が入れてあり、異物を体内に留めておくことの不自然さから、抜くのがいいことは自明の理でも、そんなに早く抜けるとは思ってもいなかったので、ちょっとびっくり。

塾の生徒のテスト週間などの予定も考え、手術を誕生日の7月7日に決め一週間の入院で完了。そのあとも暫くはリハビリに通い、前からお世話になっていた体操教室の加藤利枝子先生のリズムストレッチ教室に復帰し、今に至っている。

この時、温かくカムバックを支えて頂いた加藤利枝子先生には今も体操のご指導を仰ぎ、あれから20年余り、私が今の健康が保たれているのは先生のご指導のお蔭。先生の持ち前の明るさと抜群の指導力は多くの中高年の健康を支える大きな力だと思う。歳のせいにはしたくないが階段の昇降の不自由はあるものの、ここまでこれたことに、上手に手術して頂いた先生やリハビリの指導をして頂いた方々に感謝の気持ちでいっぱいである。

19　学習塾の閉鎖

仕事にしても趣味にしても物事を始める時は、次第に高まってきたエネルギーの流れに乗っていくことによって多少の困難も乗り越えられるし希望に燃えて実力以上の力が出るものであるが、辞める時、閉じる時のタイミングがむずかしい。刀折れ矢尽きて、という場合は別として、厳しいけれど好きな仕事として夢中で働いていて、終わることを考えたこともなかったのに80歳を超えて、塾を閉じるタイミングを考えるようになった。

何か基準を決めることが必要。それは何か、健康上の不安は全くなかった当時「数学の計算問題を解くスピードが受験生より遅くなったら潮時と考えて潔く塾を閉じよう」と決めた。

しかし伏兵は意外なところから現れた。まず生徒の話を聞き洩らして、的確な返事ができない事があった。軽度の難聴の表れであった。もう一つ、必要な時に椅子から立ち上がる速度が遅くなった。今ほど膝の痛みは表れていなかったが、動きが鈍くなった。自分が恥ずかしい、というよりもこれでは生徒に迷惑が掛かる、と思った。

そろそろ潮時かな。「まだまだできる！」との慢心で気持ちの整理を遅らせると時期を失う。生徒もこの塾からほかの塾に移るタイミングを失わないように、と2月に閉鎖することにした。次の塾を検討しても、1カ月の余裕で新学期から新しい塾でスタートできる。入試を控えた受験生だけは最後まで責任を取る。決めてしまうと案外すっきりするもので未練はない。といっても懇願され、受験のタイミングもあって1年間だけは縁をつないだ方がごく少数あった。塾をやめた後の自分の生きがいが失われるのではないか、との不安もよぎったが、自分のことより長いこと私たちを育てて頂いた生徒のことを考えた時、迷いは我儘に通ずるものと思えた。ともに歩いて、支えてくれた夫も賛同し、約40年の歴史を閉じることができた。

20　日野原重明先生の教えを求めて

平成14（2002）年の春、雑誌で日野原重明先生の講演会を知り名古屋市民会館に出かけた。人生の後半をどう生きるか、納得のいく話し方と前向きに生きる熱い思いを受け止めながら、89歳とは思えないエネルギーに感動して、「新老人の会」の存在を知った。75歳から入会できるとのことでその年の誕生日を待って入会をし、以来先生のご存命中教えを受けることができた。

「新老人の会」東海支部の一員として、会報の編集にも参加し、毎年開催されたフォーラムの企画・運営にも参加出来て、学ぶ機会が多かった。東海支部の立ち上げ以来今も世話人代表を続けられる林博史医学博士（現偕行会城西病院名誉院長）を始め、会報発行のために行動を共にした亀井さん、杉本さんから受けた教えはかぎりなかった。林博史医学博士は、日野原先生が恩師であり、日野原先生のご指名で「新老人の会」東海支部を立ち上げられたと伺った。

私は会報『かがやき』の編集を通して特に親しくご指導を頂いた。循環器系統や体内時計のプロとして専門的な医学的内容を高齢者への温かいまなざしが感じられるユニークな文章でお伝え頂き、いつも好評だった。時に文学的な表現が美しい文は、林医博のプロ並みの絵画の腕に見る芸術性によるものと思う。教えを頂いた出逢いを感謝するお一人である。

多くの会員の仲間から高齢者の生き方を学ぶ機会の何と多かったことか。今は鬼籍に入られた等々力さん、林徳太郎さん、袴田さんなどなどその人となりから受けた素敵な思い出もいっぱい。今年102歳になられて今も矍鑠としておいでの鈴木貞子さんは、明晰な頭脳と滑舌が見事な話術に加え、長い人生経験に裏打ちされたお人柄ゆえに今も会員だけでなく皆さんの尊敬と思慕を集めておられる尊敬する先輩である。

102歳でまだ完全にでんぐり返しができる鈴木貞子さんを誰も真似できない。数年前に誘われて入会した自彊術《じきょうじゅつ》は今も私の健康を支える大切な運動。鈴木貞子さんのお蔭で自分の年齢は考えなくて済み、気がついたら90歳という事である。自彊術に入会してご指導を頂くことになった永井弘子先生（当時中部総支部長）は美人で知識も見識も豊富、ご指導の上手な素敵な先生で、私の大切な人脈の中のお一人。ベテラン、新人を問わず丁寧なご指導による型の修正があり（自彊術は型に忠実に丁寧に運動することにより効果を発揮する）、前後には健康に関する催し物、書物の推薦があり、先生自身の健康観、人生観のご披露もあって充実した時間である。優れた方々との出逢いの多さは私の宝物であり、幸運でもあった。自彊術の真髄〔調身・調息・調心〕を身をもって実践され、身をもってお教えくださっている指導者である。毎週1回、お目にかかるときの先生の洗練された服装、ユニークな着方を拝見するのも楽しみの一つ、というより学ばせて頂いているというのが本音かもしれない。

もう一人、この会に入会して間もなくご縁を得たのが、朗読のご指導を頂いている近藤よし恵先生。声に自信がなかった私が「読み方は個性」との教えに沿って長いご縁となった。サークルの会員一人ひとりの個性に合わせたご指導、褒めながらの育て方は他に例を見ない。出逢いを頂いた私は幸運である。

朗読サークルはおよそ2〜3年に1回発表会をして外部の方々にもお聞き頂いている。初めは小規模であったものが文化小劇場での発表会にまで成長したのは、先生の指導力、お人柄と会員の努力の賜物でもあった。近藤先生がほかのところでご指導になっている二つのグループとの合同発表会ではあったが、運営は二つの若いグループの方達にすべてお任せの気楽な高齢者。まるで一つの会のような雰囲気が愉しく嬉しかった。近藤先生は題材を自由に選んでそのご指導を頂ける寛容さもご立派。私がここ数年で選んだテーマは、

「寺田寅彦随筆集」

「アフガニスタンに緑の大地を・中村哲」

「戦没学生の手記・聞けわだつみの声」

「川端康成と三島由紀夫往復書簡集」

詩・小説などの作品に交じって硬派の作品を提案した際、気持ちよく許して頂けたのも有難かった。ただ、1冊の本から数分、せいぜい10分足らずの部分を選び出すのは提案者

の仕事。構成は提案した者の自己責任。でも最後までご指導頂いた面倒見の良さとその作品全部に必ず目を通された向学心には目を見張るものが有った。

「発表会は晴れの舞台である」との先生の取り組みに、出演者全員が、普段とは一味違う自己啓発の場として、適度の緊張と晴れがましさの中で最高の自分を演出する努力を惜しまない。東海支部の会員は発表するだけ、おまけに本番に強いのが高齢者。毎回過分な評価を頂いておおいに満足し、また次回！と期待してしまう。また発表会には各自相応しい衣装を、という事で着る機会の減った晴れ着を引っ張り出すチャンスでもあった。

近藤先生は服装にもＴＰＯを心掛けておられる方で、授業でもお気遣いが感じられた。黒を基調にしたトップス、ゆったりした長めのスカートがふくよかなお身体にフィットしていて、たいていの場合お目にかかる左胸のコサージュは、その色と形が見る者を愉しませてくれる。

発表会は「晴れの日」といってご自身も参加者にもふさわしい服装を期待されたが、先生のお気持ちが初めは理解できなかった私であったが、今は素直にお気持ちを酌むことができるようになった。大切なお一人とのご縁を無駄にしないようにしたいと心に刻んでいる。

東海支部のサークル活動でもう一つの居場所は川柳サークル。長い間龍男が中日川柳会の会員として努力していて、

「奥さんもご一緒に」

と誘われたこともあったが、なんとなく夫婦は別学、とのこだわりがあり、

「夫よりうまくなっては申し訳ないでしょ」

などと逃げていたが、興味はあった。初め中日川柳会会員の杉本さんがサークルを立ち上げられて入会、袴田さんが途中からご指導くださったものの病を得て亡くなられて再び杉本さんのご指導を頂くことになる。

すぐれた感性・言葉の省略のうまさ、思わずうーんと唸る句の出来栄えと温厚なお人柄によって毎月1回、楽しい会が開かれる。本当は毎日作句するのが好ましいが、例会の間際になって頭を絞るのもまた良しとしている。気楽な句会の会員は皆多かれ少なかれ似た

り寄ったりらしくて何となく安心している。

平成23（２０１１）年、東海支部設立10周年記念に「10年の足跡」を年表として作成して会報に掲載、平成29（２０１７）年には「東海支部15年の歩み」とのテーマで毎回のフォーラムの写真を集めて、杉本さん、吉田さん、小林さんと共にパネルにしたのも小さいながら思い出に残る仕事であった。

この何年か前、心に残る出来事があった。


平成25（２０１３）年10月25日午前10時、私は暴風警報の出ている四国香川県高松市の駅で呆然と立ち尽くしていた。私たちは時々短時間にあれかこれかを決めなければならない岐路に立たされることがある。この日「新老人の会」ジャンボリー（全国大会）の会場の愛媛に出かけることになっていた。数日前から台風の本土接近が予告されていたが、予定通りの開催と聞き、まず空路か陸路かの選択肢で欠航の心配のない陸路を選んだ。

当日は予報通り雨脚が強くなりつつあったが岡山までは何事もなく到着した。岡山についたのは8時46分。高松行特急「しおかぜ」は運休。快速電車に乗り、取りあえず瀬戸内海を越すことにする。この時点で乗客の不安が膨らんだ。「高松から向こうは大丈夫ですか」「電車は動いていますか」乗客の殺気立った問いに、駅員の自信なさそうな答え「多分大丈夫だと思います。電車が駄目でもバスが動いています」という言葉を信じたのが間違いの始まりであった。高松駅に着いたとき、すぐ近いところまでのローカル線がわずかに運行しているだけとのこと。「バスはどうですか」「途中で山崩れがあって閉鎖されています」駅員の非情な説明に呆然となる。——どうすればいいんですか——

「新老人の会」は毎年一回全国大会が、静岡、長野、三重、山口、宮城、東京、愛媛と所を変えて開催され、私はそれまで休まず参加していた。大会は2日間あり、初日は会員外の方々が参加できる「日野原重明先生の講演会」があり、2000人くらい（三重県で開催された時は6000人くらい）の参加者が先生の講演に感銘を受けた。夜は日野原先生とご一緒に会員同志の懇親会が開かれ開催地の伝統芸能などが披露されたりして和気藹々の愉しい催しである。出席はいつも120人くらい。翌日は会員研修会で、3〜5の支部の優れた活動が報告される。

　この年東海支部はＮＰＯ法人「マライカの翼」のタンザニアへの教育支援について吉田文亮理事長とともに報告することになっていた。講演会は諦めても、懇親会、会員研修会には出席しければならないし、出席したかった。「どうすればいいですか」「今夜は高松泊まりですな」「諦めて名古屋に戻るしかないでしょう」暢気な乗客の言葉を耳にしながら真剣に対策を考える。「高松空港から愛媛空港へは飛行機は飛びませんか」「その路線はないですね」案内所の人に鬱陶しがられながらいろいろ調べて最終的に大阪の伊丹空港から愛媛空港への便があることが分かった。大阪まで帰ると決めて愛媛までの電車賃の払い戻しの列に並ぶ。大阪での乗り換えの面倒を考え、梅田まで一本のバスで行くことに決めたのが2番目の間違いであった。

　12時30分に高松をでたバスは、雨と風の影響で途中何度もストップしながら大阪の市内に入ったのは午後4時ころ、ラッシュ時刻と重なって渋滞の街を抜けて梅田についたのは5時を過ぎていた。雨に加えて風も強まりつつあった梅田でバスを降りて伊丹空港行きのバス停へ。すべて初めての道である。伊丹空港についたのは6時近く。ここで3つ目の失敗をする。日本航空と全日空のどちらを選ぶか、全日空の6時30分のフライトに間に合って座席を確保できるチケットを手に入れてほっとする。何とか夜の懇親会の途中には滑りこめそう、その経緯を会場におられる石清水事務局長に連絡を入れたが、日野原先生も事務局長も9時過ぎまで待っていただいたと後で伺った。予定の時刻に飛行機が到着していなくて伊丹空港を飛び立ったのは8時過ぎであった。予定通り7時に出航した日本航空の便に乗っておれば……。すべて後の祭り。会場のホテルについたのは9時半であった。翌日の会員研修会に参加できて、前日の失策を慰められたものの選択の過ちは取り返しのつかないことであった。研修会の締めくくりの日野原先生の講評で、過分のお褒めを頂き、欠席しなかったことにほっとし、どんな時も諦めないで最善を尽くし、ベストでなくてベターでもやらないよりは良い、とまた一つ自分への教訓として心に刻んだ一日であった。

平成29（2017）年春、日野原先生逝去の知らせに私の中で一つの窓が閉じられた。

21　タンザニアへの教育支援

ほんのちょっとしたきっかけが思いがけないご縁に繋がる。

私が新しく買い替えて不要になったパソコンを捨てる話をした時の友人の一言、

「古いパソコンを必要としているところがあるよ」

からご縁ができてＮＰＯ法人「マライカの翼」プロジェクトとの付きあいも、８年になる。

平成18（２００６）年12月に理事長吉田文亮氏を中心に、少人数の有志の集まりであるＮＰＯ法人マライカの翼プロジェクトが、アフリカ・タンザニア連合共和国に教育支援物資を送ってスタートしたこの活動は、今年で14年目を迎える。

タンザニアから名古屋大学大学院に留学中だったタンザニア・ダルエスサラーム大学学生のジョセフ氏（当時29歳の青年）の、母国の子供達への熱い思いがこの活動を大きく前進させることになった。

タンザニアはアフリカ東海岸、ケニアと国境を接する赤道より南の国。タンザニアは一夫多妻の国で、孤児が多いため、中学への進学率は平均しても20％にも満たない（小学校への就学率は90％を超える）。「中学に進学できない子供たちのために職業訓練学校を作ってほしい」というのがジョセフ青年の心からの願いであった。

「古米を送るよりも新米の作り方を教えたい」

という吉田理事長の会創立の精神に通じるこの方向に賛同した会員は支援物資の収集と発送準備に奔走した。中古パソコンはまず英語とスワヒリ語にバージョンアップし、中古ミシンは故障のあるものは故障を直して動くようにし、工業用ミシンは油を全部抜いて綺麗に磨き上げた。技術的な作業に連日時間と勢力を奉仕する方もあり、中古衣類を一枚ずつ袋詰めする仕事も根気のいる仕事であった。

梅雨時から真夏にかけて支援物資のつまった倉庫は蒸し風呂のよう。私もこの作業にできるだけ参加したものの作業場は稲沢市、ＪＲで名古屋から通ったが、私の物好きなボランティア活動に嫌な顔もしないで留守を引き受けた龍男に心で感謝しながらの日々。ある時は三重県大王崎から支援物資の学用品を取りに来てほしい、との連絡に、吉田理事長運転の2トントラックの助手席に乗って往復300キロの道を走った。この時はジョセフ氏も同行し、伊勢神宮を案内したいとの理事長の配慮で、早朝から夜遅くまでの外出になった。昼食、夕食を用意していったのか、記憶にないが自分で料理できない龍男には辛い日であったと思う。

資金もない小さな組織であったが、奇特な2人の女性の多額の寄付で校舎建設の資金は十分に賄えた。当時タンザニアシリング(註4)は日本円の20倍の価値があった。まずマリャに職業訓練学校を1校。続いてジョセフ氏の故郷マサシに、小学校1校、職業訓練学校1校を建て、さらにインド洋に浮かぶザンジバル島にも職業訓練学校を建てることができた。職業訓練学校はまず縫製科、コンピューター科、さらに木工科、建築科、自動車整備科などを予定した。80代半ばの年齢であっても誰かのお役に立っている、との思いから、作業が辛いとか苦しいとかは全く気にならず、高揚した気持ちが愉しかったように思う。

(註4：日本円1円＝20・6888タンザニアシリング。2018年12月当時も日本円

1円＝20タンザニアシリングとあまり変わりはなかった）

タンザニアでは小学校は絶対数も設備も足りなくて、机も椅子もないところで午前、午後、夕方と3交代の授業のところも多い。支援物資を詰め込んだ20フィートコンテナ4個は平成25年1月名古屋港から船出。6月にはマサシとザンジバルに着く予定であった。

平成25（２０１３）年6月、開校式と支援物資の贈呈式に出席のためタンザニア訪問のツアーが計画された。初めは参加するという気持ちは少しもなかった。でも現地を知らないでの支援は不自然ではないか、との思いがあった。

参加したい私に三つの悩みがあった。まず健康の問題。当時84歳（タンザニア訪問中に85歳の誕生日を迎えた）にしては元気で故障もなく、同行の皆さんにあまり迷惑をかけないで行けそう。

2番目に費用の問題。ツアーの費用は全額自己負担。15日間の交通費、宿泊費などは高齢者にとってかなり高額。今まで行ったヨーロッパ、アメリカ、オーストラリア、中国などの観光ツアーに比べればはるかに高額ではあるがこれは意義あること、と自分を納得させれば龍男の反対はないとの確信はあった。

問題は3番目。龍男は家事が全くできない、やらない、させられない。この3拍子揃ったのも元は私の責任であり自業自得である。尤も舅、姑同居の家庭では「男子厨房に入らず」という事がまかり通っていて、典型的な封建的社会の在り方に安住してきたことによる。さてどうするか。まず自分は行きたいか、行きたくないか、やはり行きたい。では夫を置いていくか、一緒に行くか、二者択一を迫られる。

「大丈夫、大丈夫、何とかなる、安心して行ってらっしゃい」と心優しいことを龍男は簡単に口にする。〝一緒に行くしかない〟と結論を出していた私はなんと切り出すか。ここは長年連れ添った二人、夫のアキレス腱は把握できている。

若いころから山が好き、それ以上に国外が好き。返事を聞く前に私自身も期限の切れたパスポート申請の手続きの過程で龍男の書類の下書きも作りながらの準備をした。「タンザニアではキリマンジャロの近くの空港にも行きますが、飛行機からもキリマンジャロがきれいに見えるそうです。愉しみです」。言葉がおわった瞬間「私も行きます」。行きたいなあ、ではなく、「行きます」との結論を出す龍男。

「パスポートは切れてるでしょ。予防接種にも行かなければ」

「行きますよ」

「一人で？」

「大丈夫、大丈夫」

龍男はあまり遠出しなくなっていたが（3年前に軽い脳梗塞が見つかり、その影響で物忘れも歳相応をやや超えていた）、妻の不安もよそに、一人で旅券センターに行き、妻の準備した下書きを見ながら書いた申請書も受理され、高揚した気分のまま、帰りに東急ハンズに寄ってスーツケースを予約して愉しそうに帰宅。

スーツケースのカタログを嬉しそうに広げたのに妻の一言。

「あと何回旅行に行くつもり？　こんな上等のスーツケースを買ってどういうつもり？」

「そうだね、そういえば和恵の言う通り、買い直してくるわ」

何と素直な夫、何と残酷な妻の言葉！　折り返し東急ハンズに行って買い直し宅配を依頼して満足げに帰って来たのだが、これが裏目に出て旅行中に故障することになる。でも私の言葉を一度も恨まなかった龍男、ただ万一を考えて丈夫なベルトを買い足しておいた妻の判断も生きることになる。

靴を買ったものの詰め方も全くわからなくて、若い頃一人で登山に行くときはすべて自分で準備して出かけたことが信じられない。

「和恵がちゃんとやってくれて有難い」

と言われてはやらざるを得ない。妻にぶつぶつ言われながらもお任せの気楽さ、すべて計算済みなのか、と勘繰りたくもなる。今にして思えば本当にやれなくなっていたらしい。思考能力がかなり低下していたようだ。

平成25（２０１３）年6月26日名古屋駅からエミレーツ航空のシャトルバスで関西国際空港に到着する。長い時間待ちも楽しそうにここで夕食を取る。深夜飛び立って一路アフリカへ。

途中ドバイの乗り継ぎの5時間も苦痛ではなかった模様。ダルエスサラーム空港に着いたのは名古屋を発って23時間後であった。

ツアーでご一緒した皆さん、同行7名と現地で合流したジョセフ氏（帰国してダルエスサラーム大学教授に）、従弟のスェディ君（大学生）の9名のグループの行動で皆さんの優しい心遣い、気遣いのおかげで龍男は旅の楽しさを満喫できた。

10時間以上もジープに乗って移動するアフリカの大地は条件の悪い難路が多く、楽な旅ではなかったが特等席を頂いて安全安心の龍男は大満足のドライブであった。

5日目、ローカルの飛行機で待望のキリマンジャロの麓のアルーシャ（ここで平成31〈2019〉年1月18日、五輪金メダリスト高橋尚子さんが現地の陸上選手たちにマラソンを指導した）空港に着陸して、キリマンジャロの美しい雄姿を見た龍男がなんど叫んだことか。

「もう死んでもいい」

この言葉が長く同行の皆さんの語り草になった。こんなに感動した龍男を見たのはいつ以来のことか、空港や売店で何枚もTシャツを買っていて出発に遅れそうになったり。それを温かい目で見守って頂けた同行の皆さんにどれだけ感謝しても足りないほど。一緒に来て良かったとの思いに浸りながらのツアーであった。

龍男が6日目の夕方から夜にかけて風邪をひいた模様で発熱があり、旅程の変更も覚悟したが、宿泊したタランギーレ・サファリ・ロッジのマサイ族の方達の温かい手当てと日本から持参した薬の効果で翌朝には熱も下がり、予定通りの行程を進めることができた。

話が前後したが、ツアーの第一の目的のマサシの開校式と支援物資の贈呈式は全く予想外の結果であった。小学校はすぐ市に寄付されて市長、校長の臨席のもとに鍵が手渡された。職業訓練学校の校舎も3棟、先生たちの宿舎もオレンジ色と明るいブルーに塗り分けられて、トイレも付いた建物は見事であった。

しかし職業訓練学校の開校に必要な物資と子供達への支援物資がまだ届いていなかった。取りあえずお祝いにと日本から持ってきたお赤飯や現地のお母さん達に準備して頂いたご馳走で祝宴を開いた。

4個のコンテナのうちの2個はザンジバルの学校に届いて数日後の開校式に間に合った

のであるが、国情の違い、国民性の違いを思い知らされたこの荷物の受け渡しであった。ザンジバルに送った2個は教育支援物資として免税で陸揚げされ、学校に届けられた。

ダルエスサラーム港に着いたコンテナは先ず重い関税が障壁になり免税の交渉が長く続き、見通しがついたときは膨大な保管料を請求されてその交渉に時間がかかっている間に競売に付されてしまった。常に賄賂を必要とする国情を理解できず失敗したことは一つの貴重な教訓であった。

そしてさらに苦い教訓を生かしきれなかったのはそのあとの荷物輸送であった。平成28年再び40フィートコンテナ3個をザンジバルに送り、そのうちの2個をザンジバルからダルエスサラーム経由でマサシに送る計画がまたダルエスサラームで止まってしまった。

この間にタンザニアの政変があり大統領が代わったことによる齟齬もあった。新大統領は「中古物資の支援はいらない。支援してもらうならタンザニアの国内で買って寄付をしてほしい」と方針転換になり、中古物資の輸入には驚くほどの関税を課することになった。この時の支援物資はタンザニア在住の活動家島岡強氏の大変な骨折りによってついに平成30

（2018）年6月、港から陸揚げされてマサシに運ばれ、職業訓練学校に運び込まれた。
この様子を現地から届いた写真で見た時には喜び以上にほっと安堵し感動した。吉田理事長が、積年の胃痛から解放され、これで夜も眠れます、と漏らされた時、理事長がいかにこの支援に心血を注いでおられたかを改めて思い、海外支援がきれいごとでなく、成功した事柄は苦労という氷山の一角に過ぎないのではないかとの思いを強くした。またタンザニアから帰国した後、しばらく作業が無く時間的な余裕ができたので、念願のMOS検定（Microsoft Office Specialist検定）に挑戦して年末に合格し、いい1年の締めくくりになった。

ここで思い出すのは中村哲医師が30年来行っておられるアフガニスタンでの支援の形である。あくまでも現地の人とともに考え、共に築いていく、現地に根を生やした支援の方法である。膨大な砂漠地帯を緑の大地に変えていきながらも何度も旱魃や水害を経験しつつ、一歩一歩進んできた共生の形、派手ではなく地味な闘いの中に海外支援の姿を見る気がする。しかし、ここ一、二年の大旱魃、豪雨による被害の大きさには言葉もない。中村医師の活動を支える会「ペシャワール会」の一人としてこの会では、私は会費を払うくらいで、お役に立つような活動は何もしていないが、一人ひとりの善意が、中村哲医師のペシャワール会の活動に直接生かされていることは素晴らしいことと思う。

ただ一番新しい報告の中で中村医師が述べておられる言葉に強い共感と危惧を抱く。

「どこに消えたか分からないような支援はもう止めるべきである（中略）吾々非政府団体の限界はここにあり……然るべき国家機関の手によって大規模に実施されることを望むものである」この願いが実現されるのはいつになるのか。

思いがけない時、思いがけない場所での初めての出逢いがまた人生の妙味。歳相応の脚の痛みの治療に鍼灸院を訪れた時、その鍼灸院の先生・坂光信夫先生がタンザニアの隣国ケニアでの医療ボランティアとしてもう何回も現地入りしておいでの「特定営利活動法人アサンテ　ナゴヤ」の会員であったことに、偶然とはいえご縁を感じて治療に通院している。

22　夫の旅立ち

タンザニア旅行から5年、龍男は体力も認知力も少しずつ低下し、生きがいであった太極拳への参加も出来にくくなったり、納得のいく俳句ができなくなったりして自分自身でも楽しみの少ない日々が増えてきたようであった。

デイサービスでも愉しんで参加してはいたが、心からの笑顔ではないように見られた。

あれだけ好きだった庭木の剪定や畑仕事もほとんどしなくなり、妻や娘の畑仕事を愉しそうに眺めながら「ご苦労さん」との労いの言葉を欠かさなかった。体力も気力も弱ってきたとは言っても、日課のお店での自分の好きな買い物は欠かさなかった。好きだったイオンが遠く感じられるようになり、近くのバローかコンビニの常連であった。好きなお酒もお目当ての一つ。お酒は医師からとめられ、やめてほしいところではあったけれど、お酒だけが本人の愉しみであると割り切って自由にしてもらっていたその一方で、食事に心を籠め、手を抜かないようにした。食事の時間に差し支える外出は極力避けるようにした。その生き方に慣れながらも〝いつまで？〟との不安もあったがやれるところまでやるしかない、との思いは諦めか開き直りか。幸い二人の娘の温かい協力があって何とかバランスがとれていた。

そしてある日、突然バランスが崩れた。平成29年10月8日の午後。いつものように自分で買い物に出かけたコンビニエンスストア、ファミリーマートの駐車場で転倒して救急車で搬送された。それから入院して寝たきりになり、3カ月後に帰らぬ人となる。

夫の一周忌を前にして、平成30年の年末、墓前に報告できる明るいニュースが届いた。タンザニアのザンジバルで公立小学校の教室の増築が決まった。「マライカの翼プロジェクト」現地最高責任者島岡強氏からの連絡であった。子供たちのことを思うと、まだまだ私にも出来ることがありそうだと思われる。歳を超えて希望と夢が持てる幸せを噛み締めている。

改めて振りかえると、自分の信念だけを頼りにひたすら歩き続けた人生だったように思う。その信念が正しかったかどうかは分からないけれど、決して諦めずにきたことだけが唯一の誇りかもしれない。これからも頑固といわれようとこれが私の本音であり90歳の心境である。

終わり

あとがき

初めての出版に戸惑う事も多くて、東京図書出版の皆様に大変お世話になりました。誠にありがとうございました。執筆のきっかけを頂き、そのあと私の背中を押し続けて下さいましたシカゴ在住の藤本菜穂子様、ご多忙な中で帯の一文をお書き下さいました母校奈良女子大学の今岡春樹学長様、総務課・中嶋篤美様、口分田和輝様、ありがとうございました。

根気良く付き合って、最後まで協力と励ましを惜しまなかった二人の娘に心から感謝しています。この本の中に登場頂いた多くの方々、そしてこの本を手にとってお読みくださいました皆様に、深く御礼申し上げます。

２０１９年３月21日

早瀬和恵

早瀬　和恵（はやせ　かずえ）

1928（昭和３）年、西春日井群西春村（現北名古屋市）に生まれる。1945年、愛知県第二高等女学校を卒業し奈良女子高等師範学校（現奈良女子大）理学部（物理化学専攻）に入学。在学中に全日本学生自治会総連合（全学連）が発足、同大の自治会委員長として運動に参加する。1949年占領政策違反の罪で軍事裁判の実刑判決を受け、和歌山女子刑務所独房に３年半収監される。その後名古屋市立桜山中学校教諭、椙山学園中学部講師を経て、1972年から約40年間、小中学生の学習指導に携わる。2010年よりタンザニア共和国の教育支援活動に参加している。現在NPO法人「マライカの翼」プロジェクト副理事長。

なに想う

— 気がつけば90歳 —

2019年３月28日　初版第１刷発行

著　者　早 瀬 和 恵
発行者　中 田 典 昭
発行所　東京図書出版
発売元　株式会社 リフレ出版
　〒113-0021　東京都文京区本駒込 3-10-4
　電話（03）3823-9171　FAX 0120-41-8080
印　刷　株式会社 ブレイン

ISBN978-4-86641-228-3 C0023
Printed in Japan 2019
落丁・乱丁はお取替えいたします。

ご意見、ご感想をお寄せ下さい。

［宛先］〒113-0021　東京都文京区本駒込 3-10-4
　東京図書出版